열세 살의 의병 민석

열세 살의 의병 민석

지은이 정명섭 | 그린이 이로우

일러두기

1. 우리말 표기는 국립국어원 한국어 어문 규정을 따르되, 일부 예외를 두었다.
2. 인명, 지명, 관직 등은 일제 강점기 시대상을 반영하였으나, 일부 예외를 두었다.

이 책의
차례

소년, 민석　　　　　　　　8

지평으로 향하다　　　　　　44

한성으로 가는 길　　　　　　66

민석이에게 닥친 비극　　　　123

의병의 길을 걷다　　　　　　153

일제 강점기, 의병이 있었다　170

작가의 말　　　　　　　　　175

소년, 민석

"대장님! 적이 청석재를 넘어서 진격해 옵니다."

두 발을 붙이고 경례를 한 성길이의 보고에 민석이는 곰곰이 생각에 잠겼다. 한여름인 7월이지만 더위 따위는 잊은 지 오래였다. 뒤쪽에는 돌무더기에 세워둔 깃발이 보였다. 두 패로 나눈 아이들은 상대방 진영의 깃발을 뺏어오는 놀이를 했다. 무더위가 일찍 찾아오면서 구슬땀을 흘렸지만 민석이는 진지했다. 민석이는 올해 열세 살이었다. 체구는 또래와 비슷했지만 동글동글한 얼굴에 눈꼬리가 좀 처져서 얌전해 보였다. 하지만 성격은 아버지를 쏙 빼닮아 불같았다. 또래 아이들과 전쟁놀이를 하면 꼭 대장을 맡았다. 꾀를 잘 내는 편이라서 곧잘 이겼기 때문이다. 이번에도 삼선학교 아이들은 민석이를 대장으로 뽑았다. 양쪽이 모두 열 명씩인데 들키지 않고 상대방 깃발 근처까지 가야만 승리할 수 있다. 대개 절반을 보내고 절반을 남겨서 깃발을 지키는 식으로 나눴지만 민석이의 생각은 달랐다.

"애매하게 반반씩 나눴다가는 죽도 밥도 안 되는 거야. 방어를 하려면 완벽하게 해야 하고, 공격을 하려면 전력을 다해야지."

상대방인 백골서당 아이들도 만만치 않았다. 매년 마을 대항 석전놀이*에 낄 정도로 뼈다귀가 단단한 아이들이었다. 민석이는 어떻게든 이기고 싶었다. 그래서 우선 정탐을 깔았다. 아버지는 항상 적과 싸워서 이기려면 무조건 정탐이 필요하다고 말했다. 민석이는 어젯밤에 훈련을 마치고 들어온 아버지와 얘기를 나눴던 기억을 떠올렸다. 어머니는 얼마 전에 장만한 덕국제 남포등 아래에서 바느질을 하고 있었다.

"지피지기면 백전백승이라고 했다. 적을 알고 나를 알면 절대로 지지 않는다는 뜻이다. 적을 알려면 어떻게 해야겠느냐?"

"적의 위치를 파악하고 세력을 알아야 합니다."

"그래, 그걸 알아야 어떻게 대응할지 계획을 짤 수 있지. 백골서당 아이들이 어디로 움직일지 생각해 봐라."

"정면 승부는 하지 않을 것이고 우회할 겁니다."

• **석전놀이** 두 패로 나눠서 돌을 던져서 승패를 가리는 전통 놀이.

"어디로?"

아버지의 물음에 민석이는 선뜻 대답하지 못했다. 아버지는 군복 윗주머니에서 은단을 꺼내서 입에 털어 넣었다. 엄청난 골초였던 아버지는 올해 초에 대구에서 시작된 국채보상운동에 참여하기 위해 담배를 끊었다. 은단의 은은한 향이 퍼지며 아버지가 입을 열었다.

"항상 적의 입장에서 생각해야 한다. 그래야 적의 공격에 대비할 수 있다. 너희들이 싸우기로 한 금계산의 쌍봉은 서로 이어져 있기 때문에 불시에 기습할 확률이 높아."

아버지의 얘기를 들은 민석이가 조심스럽게 털어놨다.

"정면으로 오지 않는다면 샛길은 청석재와 불쌍령 두 군데입니다."

"그중에 어디일 거 같으냐?"

"제 생각은 청석재 같습니다."

"왜?"

"돌아가는 길이 멀긴 하지만 바로 깃발을 꽂는 장소에 도달할 수 있으니까요."

"불쌍령으로는 왜 오지 않는다고 생각하느냐?"

"길이 평탄하긴 하지만 큰 길 근처라서 만약 나무 위에 보초를 세워두면 금방 들통납니다. 게다가 물이 고이는 곳이라 바지와 신발이 더러워지는 걸 싫어할 겁니다."

민석이의 얘기를 들은 아버지는 고개를 끄덕거렸다.

"좋은 생각이다. 하지만 마지막으로 하나를 더 해야 한다."

"어떤 마지막이요?"

"큰 길과 불쌍령을 감시할 보초를 세우는 거야. 상대방 눈에 띄게 말이다."

"백골서당 놈들을 자연스럽게 청석재로 오게 만들 수 있겠군요."

민석이가 놀란 표정을 짓자 바느질을 하던 어머니가 혀를 찼다.

"애들 싸움에 다 큰 어른이 끼고, 무슨 난리랍니까?"

"일단 싸우면 이겨야지. 그래야 커서 나라를 지키는 용감한 군인이 되지 않겠어?"

아버지의 말에 민석이는 벽에 걸린 아버지의 진위대 군복을 바라봤다. 영월에서 포수로 지내던 아버지는 몇 년 전 진위대에 입대하면서 원주로 이사했다. 화전민 마을에서 살던 민석이는 처음으로 큰 고을에서 지냈다. 수십 명은 너끈히 지나갈 수 있는 큰 길이 펼쳐져 있었고, 그 길에는 사람을 태운 인력거가 휙 지나갔다. 집들도 다들 크고 높았다. 초가집이나 기와집 뿐만 아니라 나무와 벽돌로 지은 신기한 집들도 보였고, 창문에는 유리라는 투명한 창이 끼워져 있었다. 축음기라고 불리는 이상한 기계에서는 마치 사람이 안에 들어가 있는 것처럼 소리를 냈다. 사람들은 신문이라는 것을 통해 한성이나 다른 지방의 소식들을 속속들이 알고 있었다. 옷차림도 모두 달랐다. 갓에 도포를 입은 사람들은 여전히 많았지만 적지 않은 사람들이 상투를 자르고 단발을 했다. 옷고름이 없는 두루마기를 입거나 양복이라고 불리는 서양 옷을 입었다. 무엇보다 좋았던 것은 아버지가 세상을 알아야 한다며 신식 학교에 보내준 것이다. 어머니 역시 외아들인 민석이가 많이 배워야 한다며 삯바느질을 해서라도 가르치겠다고 했다. 덕분에 민석이는 단발을 하고 책 보따리를 들고 삼선학교에 다닐 수 있었다. 주변에는 그런 민석이네 식구를 마땅찮게 보는 사람들도 있었다. 백골서당의 훈장이 특히 싫어했다. 그래서일까? 백골서당 아이들은 민석이 보고 단발한 놈이라고 놀려댔다. 생각에 잠겨 있던 민석이는 한 아이의 헛기침 소리에 퍼뜩 정신을 차렸다.

"내가 청석재로 온다고 했잖아. 그러니까 매복을 했다가 공격하는 거야."

"어떻게?"

성길이가 코를 훌쩍거리면서 묻자 민석이는 청석재 쪽을 가리켰다.

"양쪽으로 나눠서 숨어 있다가 일제히 돌을 던져서."

"좋은 방법이야."

패거리 중에 가장 키가 크고 힘이 센 성길이가 알겠다고 하자 다른 아이들도 자연스럽게 동의했다. 민석이는 미리 챙겨놓은 돌을 가지고 청석재로 간 아이들을 수풀에 배치했다. 마주보고 있다가 같은 편끼리 공격을 하게 될까 봐 약간 엇갈리게 배치했다. 마지막으로 미리 구해놓은 새끼줄을 고갯길에 던져놓고 흙으로 덮고나서 숨죽여 기다렸다.

조심스러운 발소리가 들렸다. 민석이는 눈을 질끈 감고 소리에 집중했다. 청석재는 좁고 가파른 고갯길이라서 바로 앞으로 올 때까지 잘 보이지 않기 때문이다.

"온다! 가만있어. 가만히."

민석이는 발소리가 천둥처럼 크게 들리자 눈을 떴다. 청석재를 넘어오는 백골서당 패거리들이 보였다. 댕기머리를 한 아이들의 얼굴을 본 민석이가 외쳤다.

"지금이야! 던져!"

아이들은 수풀에서 몸을 일으켜서 돌을 던지기 시작했다. 소나기처럼 쏟아지는 돌멩이 세례에 백골서당 아이들은 정신을 차리지 못했다.

"으악!"

비명을 지르는 백골서당 아이들을 향해 민석이가 소리쳤다.

"돌멩이 맛이 어떠냐! 어서 항복해!"

하지만 백골서당 아이들은 악착같이 버텼다. 우두머리인 봉찬이가 외쳤다.

"다들 앞으로 뛰어라!"

그러자 백골서당 아이들은 두 손으로 얼굴과 머리를 감싼 채 뛰었다. 민석이는 얼른 새끼줄을 잡으며 외쳤다.

14

"당겨!"

맞은편에서 돌을 던지던 성길이가 냉큼 달려와서 새끼줄을 잡아당겼다. 팽팽해진 새끼줄은 돌멩이 세례를 피해 달리던 백골서당 아이들의 발목에 걸렸다.

"으아악!"

한 명이 앞에서 넘어지자 뒤따라 달리던 아이들이 넘어지면서 뒤엉키고 말았다.

"못 일어나게 때려!"

민석이의 외침에 아이들은 미리 가져다 놓은 나뭇가지를 들고 쓰러진 백골서당 아이들을 두들겨팼다.

민석이는 일어나려는 봉찬이의 다리를 걸어서 넘어뜨리고 허리에 차고 있던 나무칼을 겨눴다.

"이제 끝났어. 항복해."

"아, 알았어. 항복."

두 손을 든 봉찬이의 외침에 민석이가 소리쳤다.

"이제 그만!" 아이들이 일제히 손을 멈췄다. 민석이는 봉찬이에게 손을 내밀었다.

"우리가 이겼으니까 더 이상 단발쟁이라고 놀리지 마."

주저하던 봉찬이는 민석이가 내민 손을 잡았다. 민석이가 봉찬이의 저고리에 묻은 흙을 털어줬다. 자연스럽게 싸움이 멈추는 순간, 성길이가 소리쳤다.

"저기 왜놈들이야."

성길이가 가리킨 곳에 한 무리의 아이들이 모여 있는 게 보였다. 저고리와 바지 차림인 민석이와 봉찬이 패거리들과는 달리 왜놈들이 입는 옷은 알록달록하고 머리털은 대부분 머리 위로 묶었다. 봉찬이가 바지에 묻은 흙을 털면서 중얼거렸다.

"나카무라 패거리네."

"대장 이름이 나카무라야?"

"응, 우편국 국장 아들내미."

"어딨는데?"

"저기 끝에 키 큰 놈."

해를 등지고 있어서 잘 보이지 않았지만 다른 친구들보다 머리 하나 정도 큰 아이가 보였다.

재작년에 을사늑약이 체결되면서 부쩍 일본인들이 늘어났다. 일본인들은 읍내에서 자리 잡고 장사를 하거나 돈놀이를 했다. 한성에는 통감부가 세워지고 지방에는 이사청이 설치되었다. 조선에 있는 일본인을 보호하기 위해서라고 했다. 원주에는 이사청이 세워지지 않았지만 일본인이 조선 사람들을 때리거나 재산을 갈취해도 경무청의 순검들은 전혀 손을 대지 못했다. 그러면서 일본인들의 기세는 날이 갈수록 높아졌다. 아버지는 그 모습들을 볼 때마다 주먹을 불끈 쥐고 어쩔 줄 몰라 했다. 그런 아버지의 영향 때문인지 민석이 역시 일본인이 좋게 보이지 않았다. 민석이와 아이들이 자신들을 바라보고 있다는 걸 눈치 챘는지 일본인 아이들도 이쪽을 노려봤다. 나카무라로 보이는 키 큰 아이가 허리춤에 찬 칼을 뽑아들고 뭐라고 외쳤다.

"무슨 뜻이지?"

민석이가 중얼거리자 봉찬이가 고개를 저었다.

"모르겠지만 인사는 아닌 거 같아. 지난주에 안골 아이들을 작살냈어."

봉찬이의 얘기를 들은 민석이가 고개를 갸웃거렸다.

"거기 백정 마을 아니야? 애들이 힘이 셀 텐데."

"먼저 시비를 걸고 애들이 몰려나오니까, 골목길에서 앞뒤로 포위해서 나무칼을 마구 휘둘렀대. 쟤네들 나무칼은 한 대만 맞아도 피멍이 든다고 하더라."

"남의 나라 땅에서 무슨 짓이야!"

민석이가 화를 내자 봉찬이가 고개를 끄덕거렸다.

"그러게, 아주 자기네 땅처럼 설치고 다녀."

둘이 얘기를 주고받는 사이, 나카무라 패거리들이 일제히 나무칼을 뽑아 들고 다가왔다. 봉찬이가 허리를 굽혀 돌을 집는 걸 본 민석이가 만류했다.

"잠깐만."

"왜? 저러다 달려오면 순식간이야."

"저 칼을 봐. 우리가 가지고 있는 것보다 길어."

"그러니까 먼저 돌을 던져야지!"

"쟤들 허리에 뭘 차고 있는지 봐."

"뭐가 있는데?"

"널빤지로 방패 같은 걸 만들었어. 아마 우리가 돌을 던지면 저걸로 막을걸."

"큰일 날 뻔했네. 그럼 어떡해? 도망치긴 싫은데?"

봉찬이의 말에 잠시 생각하던 민석이의 눈이 반짝거렸다.

"만돌이 아저씨네 밭이 이 근처지?"

"산 바로 아래일걸? 왜?"

"그 아저씨가 며칠 전에 똥장군을 지고 다니는 걸 봤어. 자기 밭에 줄 거름을 모으려고 말이야. 만돌이 아저씨는 항상 구덩이를 파고 거름을 만들어."

"거기로 유인하자고?"

"그래, 조선의 똥이 얼마나 지독한지 알려 주자."

"놈들이 걸려들까?"

걱정스러워하는 봉찬이에게 민석이가 말했다.

"네가 도와주면 가능해."

"단발쟁이들이 마음에 들진 않지만."

잠깐 뜸을 들인 봉찬이가 덧붙였다.

"이럴 때는 손을 잡아야지. 계획을 말해 봐."

"일단 돌을 던지다가 놈들이 오면 놀라서 도망치는 척을 할 거야."

"만돌이 아저씨 밭으로?"

"응, 똥구덩이 쪽으로 가면 놈들이 오다가 거기 빠질 거야. 그 아저씨는 똥이 잘 썩으라고 짚으로 구덩이 위를 덮어버리거든."

"생각만 해도 기가 막히네."

"잘 유인해야 해. 왜놈들은 애나 어른이나 교활하잖아."

민석이의 말에 봉찬이는 신이 났다.

민석이는 급히 친구들을 불러서 계획을 설명했다. 봉찬이도 백골서당 아이들에게 할 일을 얘기해 줬다. 다들 돌무더기 쪽으로 가 열심히 돌을 챙겨 나무칼을 휘두르며 다가오는 나카무라 패거리들을 향해 던졌다. 그러자 나카무라 패거리들은 허리에 차고 있던 널빤지로 만든 방패를 들었다. 날아드는 돌멩이들을 막은 나카무라가 고래고래 소리를 지르자 패거리들이 크게 웃었다.

"흥! 웃어? 본때를 보여 주겠어."

신중하게 거리를 재던 민석이가 오른팔을 들었다.

"퇴각! 만돌이네 아저씨 밭까지 물러난다."

돌을 챙긴 아이들은 일사불란하게 물러났다. 마지막까지 남아 있던 민석이는 얄미운 나카무라를 향해 돌을 던졌다. 방패를 높이 드는 걸 보고 아래쪽을 노렸다. 바닥에 튕긴 돌이 정강이에 명중하자 나카무라가 한쪽 발로 껑충거리며 고통스러워했다.

"꼴좋다!"

민석이도 아이들을 따라 서둘러 산을 내려갔다. 밭두렁 사이를 껑충거리며 뛰자 흙먼지가 뽀얗게 일어났다. 달리느라 숨이 턱까지 찬 아이들이 헐떡거렸다. 민석이는 산을 내려오는 나카무라 패거리를 지켜보면서 봉찬이에게 말했다.

"너희들이 왼쪽, 우리가 오른쪽에서 돌을 던지자. 놈들을 가운데로 몰아."

"그래서 똥통에 빠트리자 이거지. 좋았어."

먼저 내려온 아이들이 만돌이 아저씨네 밭 한가운데 모여 있었다. 그 앞에는 거름으로 쓸 똥을 모아 놓은 구덩이가 있었다.

민석이에게 신호를 받은 봉찬이가 외쳤다.

양쪽에서 돌이 날아오자 나카무라 패거리는 자연스럽게 가운데로 몰렸다. 나카무라 패거리는 돌멩이들이 세게 날아오자 방패를 세워 몸에 바짝 붙이고 다가왔는데 그 바람에 앞에 뭐가 있는지 제대로 볼 수 없었다. 구령을 붙이면서 한 걸음씩 악착같이 전진하던 나카무라 패거리들은 코앞까지 도착하자 갑자기 고함을 지르면서 달려들었다. 제일 앞에는 아까 정강이에 돌을 맞은 나카무라가 보였다. 의기양양한 표정의 나카무라가 나무칼로 민석이를 겨눴다. 그리고 가장 먼저 구덩이에 빠졌다.

"흐억!" 미처 예상하지 못한 나카무라처럼 뒤따라오던 패거리들 상당수도 속도를 이기지 못하고 그대로 구덩이에 빠졌다. 얄미운 나카무라 패거리들이 똥을 고스란히 뒤집어쓰고 말았다. 똥이 튀면서 어마어마한 악취가 사방으로 풍겨 나갔다. 민석이와 봉찬이는 신이 나서 발을 구르고 소리를 쳤다. 온몸에 똥물을 뒤집어쓴 나카무라는 고함을 지르면서 밖으로 나오려다가 자꾸만 미끄러졌다. 구덩이에 빠지지 않은 아이들이 구덩이 밖으로 나오려는 아이들을 도와주려다가 악취에 코를 싸잡고 물러났다. 그 꼴을 본 삼선학교와 백골서당 아이들이 신나게 놀려댔다.

"이제 그만 가자."
민석이가 봉찬이에게 말했다.
"그래, 어디로 갈까?"
잠깐 고민하던 민석이가 대답했다.
"종람소 가 볼래?"
"그게 뭔데?"
"신문을 읽어 주는 곳이야."
"신문을 읽어 준다고?"
"어, 신문이 비싸기도 하고 글을 모르는 사람들이 있으니까 읽어 줄 때가 있어."
"그러면 글을 모르거나 돈이 없어도 신문 내용을 알 수 있는 거네?"
봉찬이의 얘기를 들은 민석이가 고개를 끄덕거렸다. 봉찬이가 백골서당 친구들을 쓱 살펴보고는 말했다.

"훈장님은 신문이 위험하다고 했어."

"왜?"

"너무 많은 소식을 알려 준다고 말이야."

어이가 없어진 민석이가 대꾸했다.

"세상이 어떻게 돌아가는지 알려면 신문 만한 게 없어."

"나도 그렇게 생각해. 친구들도 좋아할 거야."

"그래."

봉찬이가 친구들에게 얘기하자 대부분 고개를 끄덕거렸다. 민석이는 봉찬이와 친구들을 데리고 읍내로 향했다. 그리고 『대한매일신보』와 『황성신문』을 배급하는 지점으로 향했다. 민석이가 다니는 학교가 신문 보급소 역할도 같이 하고 있어서 교문 옆에 있는 작은 공터에 종람소를 마련했다. 민석이가 봉찬이와 친구들을 데리고 도착했을 무렵, 학교 교직원이자 신문 배급소 직원이 두 손으로 신문을 펼쳐 들고 담장 앞에 서서 큰 목소리로 읽고 있었다. 주변에는 남녀노소를 가릴 것 없이 잔뜩 몰려 있었는데 아예 돗자리를 펴놓고 곰방대를 입에 물고 여유롭게 듣는 노인도 보였다. 민석이는 빈 자리를 파고 들었다. 친구들도 적당한 곳에 자리를 잡았다.

"작년 5월 1일자 『대한매일신보』 기사를 읽어드리겠소."

그러자 작은 갓에 도포 차림을 하고 가부좌를 틀고 앉아 있던 한 노인이 헛기침을 하면서 말했다.

"아니, 요즘 신문이 아니라 왜 일 년 전 거를 읽어 주는 거요?"

"재작년에 왜놈들이 울릉도 옆에 있는 독도를 자기네 땅이라고 일방적으로 발표한 것에 대해 항의하는 내용이라서 그렇습니다."

대답을 들은 노인이 혀를 찼다.

"아니, 아무리 욕심 많은 놈들이라고 해도 그렇지! 남의 나라 땅을 집어삼키다니, 참으로 뻔뻔한 녀석들이야."

주변 사람들이 다들 맞는 말이라고 맞장구를 쳤다.

"맞아요. 그래서 『대한매일신보』에서 무변불유라는 제목의 기사를 통해 일본에 항의했습니다."

"무변불유라, 변란이 없는게 아니라 난리가 났다는 뜻이로군."

이번에도 노인이 아는 척을 하자 신문 배급소 직원이 말했다.

"그렇습니다. 그럼 신문 기사를 읽겠습니다. 일본국이 독도를 자신의 영토라고 칭하면서 울릉군수 심흥택에 통보하였다고 한다. 대한제국의 땅이 하루 아침에 일본의 영토가 되었다고 하니, 전혀 이치에 맞지 않는 일이며, 아연질색할 일이다⋯."

여기저기서 탄식 소리가 들렸다. 종람소에 처음 온 봉찬이 역시 주먹을 불끈 쥐었다.

"나쁜 왜놈들 같으니."

신문 배급소 직원은 계속 기사를 읽었다.

"보고를 받은 내부대신 이지용은 독도가 대한제국의 영토라는 것은 세상 모든 사람들이 아는 사실이라며, 일본국 정부에 강력하게 항의하였다. 만백성들도 이를 잘 알아야 하므로⋯."

신문을 접은 그가 말했다.

"왜놈들이 우리 땅을 탐내는 건 어제오늘 일이 아닙니다. 아라사와의 전쟁에서 이긴 을사년에 늑약을 맺어서 우리의 권리를 강탈해 갔으며, 지금도 일진회를 앞세워서 못된 음모를 꾸미고 있습니다. 그러니 신문을 보고 세상 물정에 눈을 떠야 합니다. 그래야 나라를 지킬 수 있지요."

격앙된 신문 배급소 직원의 말에 다들 박수를 쳤다. 분위기가 격해지자 그는 다른 신문을 꺼냈다.

"이건, 작년 5월 9일자 『황성신문』입니다. 여기에도 왜놈들의 독도 침탈에 관한 내용이 있습니다. 울쉬보고내부라는 제목입니다. 풀어서 말씀드리자면 울릉도 군수가 내부대신에게 보고한다는 내용이지요. 내부대신은 섬의 형편과 왜인들의 동태를 잘 살펴서 보고하라고 하였답니다."

신문 기사의 내용을 들은 노인이 곰방대를 입에 문 채 투덜거렸다.

"아니, 칼 든 강도보다 더하구만. 허허, 거참."

노인의 한탄에 다들 술렁거렸다. 장사꾼으로 보이는 청년은 왜인들이 서양의 물건들을 들여와서 파는 바람에 굶어 죽겠다고 하소연을 하는 것을 시작으로 다들 한마디씩 했다. 좀 떨어진 곳에서 지켜보던 안경을 쓴 젊은 남자가 물었다.

"한성에서 흉흉한 소식이 들리던데 그런 기사는 없소?"

그때, 멀리서 구령 소리가 들렸다. 낯익은 소리에 민석이가 반색을 했다.

"아버지다!"

민석이는 벌떡 일어나서 사람들 사이를 헤쳐 나갔다. 장이 열리는 시장 입구까지 헐레벌떡 뛰어간 민석이는 숨을 골랐다. 뒤따라온 봉찬이가 물었다.

"뭔데 그리 급하게 뛰어?"

숨이 찬 민석이는 대답 대신 손을 들어서 가리켰다. 거기에는 훈련을 마치고 강원감영으로 돌아가는 원주 진위대 가 씩씩하게 행군을 하고 있었다. 중간중간 누런빛 군복을 입은 장교들이 보이긴 했지만 대부분은 짙은 검정색 군복에 윗부분이 납작한 군모를 썼다. 한쪽 어깨에는 총검이 꽂힌 소총을 메고 있었다. 다들 우렁찬 목소리로 대한제국 애국가를 불렀다.

대한제국 애국가

상제는 우리 황제를 도우사
성수무강하사 해옥주를 산같이 쌓으시고
위권이 환영에 떨치사

● **진위대** 1895년 고종 때 지방 수비를 위해 설치된 최초의 근대적 지방군.

오천만세에 복록이 일신케 하소서

상제는 우리 황제를 도우소서

몇몇 구경꾼들이 박수를 치고 따라 불렀다. 민석이는 드디어 아버지와 눈이 마주쳤다. 병사들을 살펴보던 아버지는 민석이를 보고는 눈을 살짝 깜빡거렸다. 봉찬이가 민석이에게 물었다.

"왜 그렇게 실실 웃는 건데?"

"저기, 우리 아버지야. 원주 진위대 소속 군인."

"와, 진짜! 계급은?"

"정교."

부럽다는 말을 계속하는 봉찬이를 보면서 민석이는 흐뭇해했다. 그 사이에 아버지는 가까운 사이이자 상관인 특무정교 민긍호와 심각한 표정으로 얘기를 주고받았다. 집에도 몇 번 찾아와 인사를 한 적이 있는데 커다란 덩치에 훤칠한 외모를 자랑했다.

그날 저녁, 집으로 돌아온 민석이는 어머니의 잔소리를 들으면서 등목을 했다. 훈련을 마치고 귀대했던 아버지도 돌아왔다. 혼자가 아니라 낮에 봤던 특무정교 민긍호와 다른 교관들도 함께였다. 바느질을 하던 어머니는 한숨을 쉬면서 부엌으로 향했다. 다행히 특무정교 민긍호가 맥주를 몇 병 들고 와서 술은 따로 준비할 필요가 없었다. 어머니는 아끼는 해주소반에 두부를 비롯해서 몇 가지 안

주를 해서 올리고 민석이에게 말했다.

"네가 가지고 들어가거라."

민석이는 냉큼 알겠다고 대답하고는 소반을 들었다. 어머니는 조용히 부엌에 딸린 작은 방으로 들어갔다. 민석이는 소반을 들고 아버지와 민긍호가 있는 안방으로 들어갔다. 마침 성냥으로 석유램프에 불을 켠 아버지가 활짝 웃었다.

"뭘 또 차려 왔어."

"어머니가 차리신 거예요."

소반을 방 가운데에 놓은 민석이는 이상한 분위기를 느꼈다. 평소와는 달리 방 안에 아버지와 민긍호만 있었기 때문이다. 이전에는 다른 부교들도 끼어서 왁자지껄하게 웃고 떠들다가 가곤했다. 민석이가 눈만 껌뻑거리자 민긍호가 군복의 윗 단추를 풀면서 웃었다.

"우리 민석이가 역시 머리가 좋구나."

"다른 분들은요?"

"바깥에 흩어져 있어. 누가 지켜보는지 보초를 서고 있지."

"누가요?"

"어허, 민석아."

아버지가 눈을 치켜떴지만 민긍호는 여전히 웃었다.

"들자하니 동네 아이들을 이끌고 전쟁 놀이를 한다며?"

"네! 오늘 나카무라 패거리가 나타나서 백골서당 아이들이랑 힘을 합쳐서 싸웠어요."

"나카무라 패거리? 우편국 국장 아들 말이냐?"

"예, 가지고 있는 칼이 길고 방패까지 있어서 돌을 던져도 소용이 없을 거 같아서 유인했습니다."

"어디로?"

"만돌이 아저씨네 밭으로요. 거기 똥구덩이에 빠지게 만들었습니다."

"저런."

무릎을 치며 웃는 민긍호가 아버지를 바라봤다.

"자네 집안에 장군감이 있었네. 그려."

"너무 치켜세우지 마십시오. 천방지축처럼 날뜁니다."

"날뛰어야지. 그래야 이 어려움을 벗어날 수 있지 않겠어?"

뜻모를 얘기를 한 민긍호가 민석이를 바라봤다.

"나가지 말고 옆에서 얘기를 듣거라."

"정말이요?"

신이 난 민석이는 구석에 조용히 앉았다. 아버지가 민긍호에게 맥주를 따라 주었다. 거품이 일어난 맥주를 한 모금 마신 민긍호가 아버지에게 말했다.

"사태가 심각하게 돌아가고 있네."

"저도 잘 알고 있습니다. 일진회* 놈들이 기고만장하는 걸 보면 속이 다 탑니다. 이제는 역둔토의 세금을 거둬가는 것까지 손을 댑니다."

아버지를 비롯해서 진위대 군인들은 일진회를 싫어했다. 민석이는 궁금함에 못 이겨서 민긍호에게 물었다.

"근데 역둔토가 뭐예요?"

"어, 예전 역참＊에 딸린 땅을 역토라고 부르고, 관청에서 쓸 비용을 마련하기 위해 나라에서 지급한 토지를 둔전이라고 하는데 합쳐서 역둔토라고 부른단다. 놈들이 그걸 탐내고 있어."

"나라에서 관청이랑 군대에 쓰라고 준 토지잖아요."

"맞다. 왜놈들이 힘과 위세를 이용해서 못된 짓을 하는 거지."

민긍호의 얘기를 듣고는 민석이는 한 가지를 더 깨달았다. 아버지와 민긍호가 일진회를 미워하는 건 일본의 앞잡이 노릇을 하는 것도 있지만 진위대 군인들의 봉급으로 써야 하는 역둔토를 자꾸만 탐내기 때문이었던 것이다. 민석이가 가만히 생각에 잠겨 있는 사이, 아버지는 어머니가 만든 두부를 젓가락으로 잘라 입에 넣고 우물거렸다.

"작년에 일진회의 원주지회장 임순화를 체포한 이민화 참령이 한성의 한국 주차군 본부로 끌려가서 조사를 받고 해임되고 난 후로 왜놈들이 기고만장하기가 이를 데 없습니다."

● **일진회** 1904년, 송병구 등이 세운 친일 단체.
● **역참** 조선 시대 때 공공 업무를 수행하기 위하여 설치된 교통통신 기관.

아버지의 한숨 섞인 한탄에 민긍호 역시 맞장구를 쳤다.

"재작년에 저들이 아라사를 이기고 나서 군제 개편을 한답시고 군대의 규모를 계속 축소하고 있네. 우리 원주 진위대도 수를 형편 없이 줄이지 않았는가?"

"맞습니다. 그때 많은 동료들이 억울하게 군문을 나서야만 했지요."

아버지가 분한 표정으로 대답하자 맥주가 든 사발을 내려놓은 민긍호가 얘기했다.

"최근 한성의 분위기가 심상치 않네."

"황제 폐하께서 강제로 퇴위하신 일 때문입니까?"

아버지의 물음에 민긍호가 굳은 표정을 지었다.

"아예 군대를 해산한다는 소문일세."

"뭐라고요?"

믿기지 않는다는 표정을 지은 아버지가 주먹을 방바닥에 내리쳤다.

"대체 어떤 놈이 그런 허무맹랑한 짓을 저지른답니까?"

"누구겠나? 초대 통감인 이등박문과 을사오적들이지."

"군대를 줄이는 것으로 부족해서 없앤다는 얘깁니까?"

"그자들에게는 마지막 장애물이니까, 정신 바짝 차려야 하네."

민긍호의 얘기에 아버지가 물었다.

"정신을 차린다고 해결됩니까? 이참에 결단을 내야지요."

"한성에서는 동우회*를 주축으로 황제 폐하의 퇴위 반대 시위가 벌어지고 있고, 시위대 일부가 일본 경찰과 총격전을 벌였다고 하더군."

"잘 한 일입니다. 총구는 왜적들에게 향해야지요. 그동안 의병들을 토벌하라고 등을 떠밀려서 정말 힘들었습니다."

"진정하게. 이럴 때일수록 흥분을 가라앉혀야 해."

"알겠습니다."

아버지가 재빨리 사과하자 민긍호는 민석이를 힐끔 보고는 말을 이어갔다.

"군대가 자신들에게 총부리를 겨눈다는 걸 확인했으니 빨리 움직일 걸세. 한성 다음은 지방에 있는 진위대를 해산할 게 분명해."

"저도 같은 생각입니다. 어찌해야 합니까?"

아버지의 물음에 민긍호가 잠시 생각하다가 입을 열었다.

"자네 호랑이 잡는 포수였지?"

"군복을 입기 전까지는 그랬습니다."

"호랑이를 사냥할 때 어찌해야 하는가?"

"길목을 차단하고 지키고 있다가 호랑이가 나타나면 쏩니다."

차분하게 설명한 아버지는 두 손을 들어서 소총을 쏘는 시늉을 했다. 어릴 때 아버지가 잡은 호랑이의 가죽을 말리는 일을 도왔던

● **동우회** 1907년 6월 서울에서 만들어진 독립운동 단체.

민석이는 그때의 일이 떠올랐다.

"이제는 우리가 호랑이를 사냥해야 할 때일세. 놈이 움직이기 전에 우리가 먼저 움직여야만 해."

"대대장인 참령 홍유형은 우유부단하고 겁이 많습니다."

"그런 자를 믿고 나설 수는 없지. 아마 낌새를 채고 도망칠 거야."

"임지를 버리고 말입니까?"

아버지가 어이가 없다는 표정으로 묻자 민긍호가 고개를 끄덕였다.

"김덕제에게 대리 임무를 맡으라고 언질을 준 모양이야. 아마 무슨 핑계를 대고라도 한성으로 돌아갈 거야. 자네는 내가 군대에 언제 입대했는지 알고 있지?"

민긍호의 물음에 아버지가 술 사발을 내려놓으며 대답했다.

"십 년째 아니십니까?"

"맞아. 황제 폐하께서 대한제국을 선포한 광무 원년이었으니까 벌써 십 년째지. 고성 분견대의 하사로 입대했다가 춘천 분견대로 갔다가 광무 5년에 이곳에 왔지. 재작년에 원용팔 의병장을 체포하고 단양에서 정운경의 의병들을 공격했을 때에도 내심 마음이 좋지 않았어. 왜놈들의 흉계에 황제 폐하의 백성들이 서로 총질을 한 꼴이 아닌가 말이야. 이제라도 봉기를 해서 나라가 왜놈들 손에 넘어가는 걸 막아야 해."

민긍호의 얘기에 아버지는 잠깐 생각에 잠긴 표정으로 물었나.

"정교님은 믿지만 다른 장교들은 못 믿겠습니다. 특히 권태희 정위는 사사건건 의병들을 비난하고, 일본 편을 들고 있습니다."

"나도 잘 알고 있네. 거사가 시작되면 권태희를 체포할 생각이야. 김덕제 정교는 우리와 뜻을 함께하니까 가담할 걸세."

"이현용을 비롯해서 그 밑의 참위들은 어떡하실 겁니까?"

"역시 같이 체포해야지. 군인이라면 나라를 위해 목숨을 초개같이 버릴 줄 알아야 하는데 그럴 자들로 보이지 않아."

"그러면 장교들 중에는 김덕제 정교만 빼고 모두 배제해야 합니다."

"조금이라도 믿을 수 없다면 배제해야지. 안 그러면 거사를 망치고 말 거야."

"알겠습니다. 상등병 중에 믿을 만한 자들을 시켜서 거사가 시작되자마자 그들의 무장을 해제하고 체포하겠습니다."

아버지의 대답을 들은 민긍호가 짧게 고개를 끄덕거렸다.

"고맙네."

"언제 시작하실 겁니까?"

"조만간 황제 폐하의 퇴위 소식이 전해질 걸세. 그렇게 분위기가 조성되면 들고 일어날 걸세. 무기고에는 총과 탄약이 잔뜩 있으니 의병들도 무장시킬 수 있을 것이야."

"그렇다면 장날이 어떻겠습니까? 백성들도 많이 나올 것이고 우리를 응원해 줄 겁니다."

"좋은 생각일세. 나를 좀 도와주게."

"당연하지요. 힘껏 돕겠습니다."

아버지가 맥주가 든 사발을 들면서 말하자 민긍호도 따라서 사발을 들었다.

"든든하군. 뜻이 있는 곳에 길이 있을 걸세. 길이 없으면 우리가 만들어 가세."

사발을 내려놓은 민긍호의 말에 아버지도 말없이 두 손을 꽉 잡았다.

아버지와 민긍호의 얘기대로 다음 날부터 원주 읍내가 술렁거렸다. 신문으로 황제 폐하가 강제로 퇴임당했다는 소식이 전해졌기 때문이다. 군복을 입고 나가던 아버지가 어머니에게 슬쩍 말했다.

"오늘은 장에 나가지 말고 집에 있어."

"왜요? 살게 좀 있는데."

"여하튼, 집에 있어. 그리고 민석이도 오늘은 학교 가지 마라. 알았지!"

상황을 짐작한 민석이는 알겠다고 대답하고는 고개를 끄덕였다. 아버지가 원주 진위대가 주둔하는 강원감영으로 떠나자 어머니는 투덜거리면서 부엌으로 향했다. 잠깐 분위기를 살피던 민석이는 잽싸게 밖으로 나갔다. 읍내는 여전히 술렁거렸다. 먹고 살기 힘들다

고 종람소에서 하소연을 했던 상인들 중 싱딩수는 상점의 문을 닫
아버렸다. 순검들이 순찰을 돌긴 했지만 분위기 때문인지 긴장한
모습이 역력했다. 일본인이 운영하는 우편국은 문을 굳게 닫았다.
그래도 오 일마다 한 번씩 열리는 장날이라 제법 많은 사람들이 보
였다. 읍내 밖에 사는 사람들은 나라 돌아가는 사정을 알아보기 위
해서라도 장터에 나왔다. 민석이는 학교를 지나서 강원감영으로 향
했다. 진위대 병사들이 총을 들고 지키고 있었다. 그때 강원감영
안에서 나팔 소리가 들렸다. 민석이는 담장을 따라 빙 돌아 선화당
쪽으로 갔다. 거기는 담장이 유독 낮은 데다가 바로 뒤에 큰 바위가
있어서 올라가면 안쪽이 얼추 보였다. 바위에 올라간 민석이가 까
치발을 하고 섰다. 선화당 아래에는 원주 진위대 병사들이 잔뜩 몰
려왔는데 평소처럼 오와 열을 맞추지 않은 상태였다. 옆에서는 나
팔수가 힘차게 나팔을 불었다. 아까 민석이가 들은 나팔 소리의 주
인공 같았다. 병사들이 계속 몰려와서 선화당 앞을 꽉 채웠다. 흥
미진진하게 지켜보던 민석이는 멀리 떨어진 포정루 쪽에서 군복을
입은 한 무리의 장교들을 발견했다. 아마 아버지와 민긍호가 못 믿
겠다고 한 권태희 정교를 비롯한 몇몇 장교들 같았다. 민긍호가 병
사들을 향해 외쳤다.

"며칠 전 통감부가 황제 폐하를 핍박해서 군대를 해산하라는 칙
령을 내렸다고 한다. 우리 진위대 역시 멀지 않아 해산령이 내려질
것이다."

병사들이 술렁거렸다. 졸지에 일자리를 잃는 셈이다. 몇 년 전에도 신위대를 축소하면서 적지 않은 병사들이 쫓겨난 적이 있었다. 그 기억이 생생한 병사들에게 아예 군대가 없어진다는 것은 크나큰 충격이었다. 거기다 일본이 배후라는 사실은 병사들에게 적개심을 불러일으키기 충분했다. 흥분한 병사들이 소리치거나 화를 냈다. 그러자 민긍호가 더 큰 목소리로 외쳤다.

"한성에서는 간교한 왜놈들의 흉계에 상당수의 병사들이 푼돈을 받고 쫓겨났고, 이에 분개한 박승환 참령이 스스로 목숨을 끊었다고 한다. 박 참령의 죽음을 본 병사 몇몇이 분연히 떨쳐 일어나 총을 들고 맞서 싸우다 모두 죽었다고 한다. 우리 역시 총을 빼앗기고 빈손으로 쫓겨날 게 뻔하다. 어찌 그냥 앉아서 죽음을 기다리겠는가!"

민긍호의 절규 어린 외침에 다들 박수와 고함으로 지지의 뜻을 표했다. 손을 들어서 병사들을 진정시킨 민긍호가 주먹을 불끈 쥐었다.

"이제 곧 지방의 진위대도 놈들의 손에 해산될 것이다. 우리는 무기고의 문을 열어 총과 탄약을 확보하고, 원주에서 왜놈들을 몰아낸다. 다들 나와 함께 싸울 것인가?"

민긍호의 외침에 아버지가 가장 먼저 호응했다.

"내가 특무정교 옆에서 싸우겠소!"

그러자 다들 아우성을 치면서 싸우겠다고 목소리를 높였다. 병사들의 목소리가 잦아들 무렵, 민긍호의 질규가 쩌렁쩌렁하게 들렸다.

"나라에 병사가 없으면 무엇이 나라라 할 수 있겠는가! 군대 해산 명령은 필시 황제 폐하의 뜻이 아니라 통감부와 간신배들의 농간이니 절대로 복종할 수 없다!"

이윽고 민긍호는 병사들에게 명령했다.

"무기고로 가서 문을 열고 총과 탄약을 꺼내라. 함께 싸우고자 하는 백성들에게 나눠 주고 왜놈들을 몰아내자."

엄청난 함성과 함께 병사들이 일제히 무기고로 달려갔다. 아버지는 미리 무장을 한 상등병들을 불러 모아서 포정루로 향했다. 포정루 쪽 장교들이 허리에 찬 권총을 뽑으려고 했지만 아버지가 한발 빨랐다. 들고 있던 소총을 바닥에 한 발 쏜 아버지가 노리쇠를 당겨서 재장전을 하는 게 보였다.

"모두 총을 버리고 손 들어. 저항하는 자는 왜놈과 한패거리로 간주하고 즉결 처형하겠다."

아버지의 엄포에 장교들은 천천히 권총을 바닥에 내려놨다. 지켜보던 상등병들이 다가가서 밧줄로 포박을 하고는 어디론가 끌고 갔다.

민석이는 바위에서 껑충 뛰어내려서는 곧장 정문으로 향했다. 진위대 병사들은 여전히 보초를 서고 있었지만 안에서 들리는 함성 소리에 어리둥절해하는 표정을 짓고 있었다. 함성 소리에 반응을 보인 것은 병사들뿐만이 아니었다. 장날이라고 나온 사람들도 하나같이 강원감영 앞으로 몰려들었다. 굳게 닫혀있던 강원감영의 문이 활짝 열리고 진위대 군인이 쏟아져 나왔다. 민긍호는 아까 선화당에서 진위대 군인들에게 했던 것처럼 굵은 목소리로 외쳤다.

"지금 한성에서는 큰 변란이 일어났소이다. 왜놈들이 을사오적들을 앞세워 황제 폐하를 핍박하여 군대를 해산하라는 칙령을 내렸다하오. 이는 필시 왜놈들이 우리에게 칼과 총을 빼앗아서 결국에는 빈손으로 남겨놓고자 함이 틀림없소이다. 나와 뜻을 같이하는 병사들과 의병들을 모아 한성으로 가서 기필코 왜놈들을 몰아낼 것이오. 그러니 여러분이 도와주시오!"

민긍호의 말이 채 끝나기도 전에 함성이 터져 나왔다. 무더운 날씨에 사람들의 열기가 더해지자 주변이 삽시간에 뜨거워졌다. 원주에 사는 사람들 역시 풍문으로 들려오는 소식들을 알고 있었고, 통감부의 위세를 업은 일본인들 때문에 이런저런 피해를 보고 있는 상황이라 자연스럽게 진위대의 봉기에 호응했다. 온갖 소음 때문에 시끄러웠지만 민석이는 민긍호가 아버지에게 하는 얘기를 똑똑히 들었다.

"김덕제 정교는 우리와 뜻을 함께할 걸세. 권태희 정위는 어떤 거 같나?"

"아까 창고로 끌고 가면서 물어봤지만 가담할 뜻을 보이지 않았습니다. 일본군을 어떻게 이기냐면서 말입니다."

아버지의 애기를 들은 민긍호가 분개한 표정을 지었다.

"나라의 녹을 먹는 군인이 겁을 먹다니, 다른 장교들은?"

"부위 권태영과 장세진, 이현규도 은사금을 챙기고 총을 들지 않을 것이라고 했습니다."

"일단 감금하고 철저하게 감시하게."

"예, 안 그래도 믿을 만한 상등병과 병졸들을 보내서 개미 새끼한 마리 드나들지 못하게 했습니다."

"고맙네. 자네가 강원감영을 맡아주게."

"알겠습니다."

"그동안 나는 병사들과 백성들을 이끌고 읍에 있는 왜놈들을 싹 쓸어버리겠네."

"믿고 맡겨주십시오."

아버지가 경례를 하자 민긍호는 고개를 까딱하고는 병사들을 이끌고 읍내로 나섰다.

"우편국을 먼저 부순다. 전신 선도 잘라야 한다."

민긍호와 병사들이 앞장서고, 백성들이 뒤를 따랐다. 감원감영 앞은 삽시간에 텅 비어 버리고 말았다. 주변에 아무도 없는 걸 눈치 챈 민석이는 깜짝 놀랐다.

"아차, 들키면 안 되는데."

다행히 아버지는 강원감영 안으로 들어가느라 민석이를 미처 보지 못했다. 안도의 한숨을 쉰 민석이는 일단 집으로 돌아가기로 했다.

'돌아가는 길에 우편국이 있었지. 혹시나 민긍호 특무정교가 날 알아볼 수도 있겠네. 좀 돌아서 가야겠어.'

장터는 텅 비어버렸다. 주변을 쓱 돌아본 민석이는 도랑과 이어진 길로 발걸음을 옮겼다. 조금 올라가면 돌다리가 나오는 데 거길 지나면 집으로 가는 오솔길이 나왔다. 햇빛이 사정없이 쏟아져 한여름의 무더위가 느껴졌다. 아까 집을 나왔을 때부터 지금까지 물 한 모금 마시지 못했다. 지친 민석이는 그늘을 찾아서 잠깐 쉬었다 가기로 했다. 주변에 나무 한 그루 보이지 않았다. 두리번거리던 민석이는 야트막한 풀숲이 움직이는 걸 봤다.

'뭐야? 토끼인가?'

잘하면 잡을 수도 있겠다는 생각에 조심스럽게 다가갔다. 수풀 사이로 엎드려 있는 사람들을 발견했다. 발소리를 듣고 누군가 고개를 들었다.

"어, 너!"

바로 나카무라였다. 그 옆에는 부모님으로 보이는 어른들과 앳된 소녀도 있었다. 민석이는 아까 아버지 옆에 있던 특무정교 민긍호의 얘기를 떠올렸다.

"우편국을 공격하러 가니까 급히 피했나 보네."

나카무라가 벌벌 떨자 아버지로 보이는 일본인이 두 손을 모아서 싹싹 비는 시늉을 했다. 인적이 드문 곳이긴 하지만 소리를 치면 달려올 사람은 얼마든지 있었기 때문이다. 아까 진위대의 봉기에 원주 사람들이 적극적으로 호응한 상태라서 붙잡히면 죽을 수도 있었다. 그런데 민석이는 그러고 싶지 않았다.

'군인도 아닌데.'

나카무라가 얄밉지만 흥분한 군인과 주민들에게 발각되면 무슨 일이 벌어질지 걱정이 되었던 것이다.

"이건 싸움이지 학살이 아니니까."

민석이는 나카무라에게 얼른 가라는 손짓을 하고는 집으로 걸어갔다. 몇 걸음 떼는데 뒤에서 일본어가 들렸다. 고개를 돌리자 나카무라가 고개를 꾸벅 숙이면서 뭔가 말을 했다. 가볍게 고개를 끄덕거린 민석이는 집으로 향했다.

아버지가 집에 돌아온 것은 진위대가 봉기를 일으키고 사흘째 되는 날이었다. 지친 표정의 아버지는 반가워하는 어머니에게 말했다.

"민석이 데리고 처가로 가시구려."

"지평으로요?"

어머니의 반문에 아버지가 무겁게 고개를 끄덕거렸다.

"일본군이 곧 원주에 들이닥칠 거요. 진위대도 의병들과 함께 이동할 것이고 말이요."

무슨 상황이 벌어질지 불보듯 뻔했다. 한숨을 쉰 아버지가 말했다.

"잔인한 놈들이니 분명 남은 진위대 가족에게 혹독하게 보복할 게 분명하오. 그러니 내일 날이 밝는 대로 여길 떠나야 하오."

미안함이 가득한 얼굴로 말하는 아버지에게 어머니가 담담하게 말했다.

"남편이 옳은 일을 하는데 부인이 어찌 말리겠어요. 민석이는 제가 잘 돌볼 테니까 걱정 마시고, 나라를 지키세요."

"고맙소. 여유가 되는 대로 사람을 보내서 소식을 전하겠소."

어머니가 식사를 준비하는 동안 민석이는 안방으로 들어가서 아버지에게 말했다.

"어머니는 제가 잘 챙길 것이니 너무 걱정 마세요."

"그래, 내 몫까지 어머니를 잘 지켜다오."

어머니는 정성스럽게 차린 밥상을 내왔다. 밥상에는 봉창에 걸어두고 아끼고 아끼던 잘 구워진 굴비와 갓 지어낸 따뜻한 밥이 있었다. 셋이 오순도순 저녁을 먹고 아버지는 밀린 잠을 잠깐 청했다. 그사이에 어머니는 피난을 떠날 짐을 꾸렸다. 민석이는 눈치 빠르게 부엌 옆 토방에서 짚신 꾸러미를 꺼냈다. 어머니가 그런 민석이의 머리를 가만히 쓰다듬어줬다.

"힘들지만 참아라. 아버지가 나라를 지키는 일을 하는데 가족들이 방해가 되면 안 된다."

"알겠어요. 어머니."

코를 골며 잠을 자던 아버지는 몇 시간 뒤에 일어나서 떠날 채비를 했다. 발걸음이 떨어지지 않는지 몇 번이고 돌아서서 손을 흔들었다. 아버지는 어깨에 멘 총을 고쳐 메고는 사라졌다. 어머니는 아쉬운지 몇 번이고 집을 돌아보면서 이곳저곳을 살폈다.

"비록 작은 초가집이었지만 예전에 화전민과 같이 살 때 지내던 움막과는 비교할 수 없을 정도로 편안했는데 말이야."

안타까움이 스며든 어머니의 말에 민석이가 씩씩하게 대답했다.

"제가 나중에 큰 고래등 같은 기와집을 지어드릴게요."

"어이구, 우리 아들 든든하네."

어머니는 옷고름으로 촉촉해진 눈가를 찍었다. 다음 날 새벽, 민석이는 어머니와 함께 정든 집을 떠났다.

지평으로 향하다

지평은 어머니를 따라 몇 번 가본 적이 있어서 민석이에게도 낯선 길은 아니었다. 길에는 피난민들과 군인들로 가득했다. 일본군과 의병들의 교전으로 인해 사람이 죽고 다쳤다는 얘기부터, 어느 마을이 쑥대밭이 되었고, 떼죽음을 당했다는 소문이 짚신을 신은 사람들을 따라 바람처럼 떠돌았다. 민석이 역시 불타는 마을을 먼 발치에서 보았다. 한동안 서서 지켜보던 어머니는 민석이의 손을

꼭 잡으면서 중얼거렸다.

"가자."

시간이 늦어 지평 읍내의 주막에서 하루 자고 가야만 했다. 다행히 안면이 있는 주인이 작은 방을 내줬다. 콩나물이 잔뜩 든 국밥으로 저녁을 먹은 민석이는 뒷간에 가기 위해 방을 나왔다. 마당 평상에는 장터를 오가는 보부상들과 피난민들이 국밥과 막걸리를 먹고 마시면서 얘기를 나눴다. 민석이는 사람들의 얘기를 듣느라 배가 아픈 것도 까먹고 툇마루에 걸터앉아서 귀를 기울였다. 양쪽에 목화솜을 끼운 패랭이를 쓴 비쩍 마른 보부상이 막걸리 한 사발을 시원하게 비우고는 수염에 묻은 막걸리를 손으로 털었다. 옆에 앉은 다른 보부상은 패랭이에 꽂아 놓은 곰방대를 꺼냈다. 맞은편에는 한성에서 왔다는 젊은 남자가 앉아 있었다. 저고리 차림이긴 했지만 머리를 짧게 깎았다. 이런저런 얘기가 오고갔다. 남대문 근처에 살았다는 어떤 한성 사람은 두 손을 마구 휘두르면서 자신이 본 것을 말했다.

"오전부터 심상치 않았어요. 군대 해산 칙령이 내린다 어쩐다 해서 설마했는데 병영에서 총소리가 들렸어요. 일본군들이 몰려가고, 비명에 총소리에 아수라장이 따로 없었죠."

"시위대*가 엄청 죽었다고 하던데?"

● **시위대** 1895년 고종 때 도성 경비와 궁궐 수비를 위해 설치된 군대.

곰방대를 문 보부상의 물음에 젊은 남자가 한숨을 쉬었다.

"왜놈들이 남대문에 기관포를 걸어 놓고 쏴대는 바람에 시위대가 흩어졌대요. 왜놈들이 나중에는 폭약으로 담장을 폭파하고 마구 총을 쏴서 병영 안이 피바다가 되었다고 하더라고요."

"아이고, 끔찍하네."

곰방대를 문 보부상의 말에 한성에서 온 젊은 남자가 말했다.

"그래도 시위대가 끝까지 저항해서 왜놈 장교도 하나 죽고, 보다 못한 연동여학교 학생들이 제중원으로 달려가서 부상당한 병사들을 돌봐줬다고 했습니다."

"살아남은 시위대 병사들 상당수가 한성 밖으로 탈출해서 의병에 가담했다고 들었어요."

"아이고, 나라가 망해가는구만."

"한성만 그런 게 아니라 지방도 난리가 났다면서요?"

"그럼 한성이 저 지경인데 다른 곳이 멀쩡하겠어? 며칠 전에는 원주의 감영에 있던 진위대가 들고 일어났지 뭐야."

"원주에서 폭동이 일어났다는 소문은 들었습니다."

"폭동이라니, 왜놈들한테 나라를 지키겠다고 들고 일어난 게 왜 폭동이란 말이야!"

보부상의 성난 외침에 한성에서 온 젊은 남자가 고개를 숙였다.

"죄송합니다. 신문에 그렇게 나오는 바람에 저도 모르게 폭동이라 하였습니다."

싸움판으로 번질 것 같자 민석이는 얼른 뒷간에 갔다가 어머니가 기다리고 있는 방으로 돌아갔다. 하루 종일 걷느라 지친 어머니는 코를 골며 자고 있었다. 민석이는 문가에 누워서 조용히 이불을 덮었다.

다음 날 아침, 주막을 나선 민석이와 어머니는 다시 걸음을 재촉했다. 한참 걷다 보니 눈앞에 푸른 강이 펼쳐졌다. 은은하게 흐르는 강을 본 어머니가 말했다.

"우리 마을 사람들은 남한강을 암물이나 자수라고 불렀단다."

"왜 그렇게 불렀는데요?"

"잔잔하게 흘러서 그렇지. 북한강은 반대로 물살이 거칠고 험해서 수물이나 웅수라고 불렀어."

"암물이랑 수물은 알겠는데 자수랑 웅수는 뭐예요?"

민석이의 물음에 어머니가 남한강처럼 잔잔하게 웃으며 말했다.

"마찬가지로 자수는 암컷, 웅수는 수컷이란다."

"아하, 물이 잔잔하고 거친 걸 암컷과 수컷으로 구분한 거네요."

"그래, 우리 민석이는 똑똑해서 금방 알아듣네. 나중에 공부 많이 해서 높은 사람이 되어야 한다."

머리를 쓰다듬어주는 어머니의 칭찬에 으쓱해진 민석이가 히죽 웃었다. 유유히 흐르는 남한강을 건너서 지평에 있는 외갓집에 도착한 것은 해가 질 무렵이었다. 화전민 외할아버지와 외할머니가 처음 자리를 잡은 곳으로 지평 읍내에서 좀 떨어진 산속이었다. 외삼촌과 외숙모가 민석이와 어머니를 반갑게 맞이했다. 사정을 전해 듣고는 방을 한 칸 내줬다.

"장가간 작은 아들이 쓰던 곳이다. 집만큼 편하지는 않겠지만 민석이랑 같이 써."

외삼촌의 말에 어머니는 옷고름으로 눈물을 닦았다. 안전한 외갓집에 도착했다는 기쁨과 위험한 곳에 아버지를 두고 왔다는 미안함이 함께 묻어나오는 눈물 같았다. 민석이는 떨리는 어머니의 어깨를 가만히 쓰다듬었다.

다음 날부터 민석이와 어머니는 외삼촌 집안일을 도왔다. 부지런한 성격의 외삼촌은 자기 논과 밭을 가지고 있어서 가족을 먹여 살리는 데는 큰 문제가 없었다. 외숙모 역시 장가간 아들들을 대신해서 민석이를 아껴줬다. 여름에서 가을로 접어들면서 논과 밭에서 수확을 해야만 해서 바빠졌다. 어머니가 눈칫밥을 먹지 않도록 민석이는 묵묵히 일했다. 더 이상 학교를 다니지 못하는 것이 아쉬웠지만 그런 생각은 일단 접어두기로 했다. 아버지와 원주 소식을 궁금해하는 어머니를 위해서 민석이는 외삼촌과 함께 장작을 팔러 지평 읍내로 나가면 신문을 사서 돌아왔다. 다행히 『대한매일신보』를 파는 곳이 있어서 몇 부 사올 수 있었다. 집으로 돌아온 민석이는 대청에서 바느질을 하는 어머니 옆에 앉아서 큰 목소리로 신문을 읽었다.

"『대한매일신보』의 『관동소식』이라는 신문에 나온 내용인데요. 동으로부터 들려오는 소문을 들은 즉, 지평에는 인민 백여 명이, 여주 등지에도 총과 칼을 가진 인민이 둔취하였다. 강원도 평창에도 인민 백여 명이 둔취하였다. 원주 진위대 병정 백여 명은 문막 등지에 매복하였고, 이백 명은 읍중에 둔취하여 군기고를 깨트리고 총 일천 육백 정을 꺼내어 민병에게 주었는데 그 지방에는 내왕하는 행인이 끊어졌다더라."

낭랑한 목소리로 신문을 읽는 민석이를 본 어머니가 골무를 낀 손으로 바늘을 만지작거리며 물었다.

"아버지는 문막에 계실까? 아니면 읍중에 계실까? 다른 기사는 없니?"

"잠깐만요."

다른 날짜의 『대한매일신보』를 뒤적거리던 민석이가 적당한 기사를 찾아냈다.

"칠일 오후에 의병 한 무리가 강원도 원주 분파소˚를 부수고 병기와 탄약을 약탈하였는데 보좌원 여섯 명 중에 두 명은 잡히고, 네 명은 복장을 벗고 도망하였다. 의병 중에도 한병이 많이 참여하였는데 원주에서 나아간 한병과 의병이 홍천에서 합세해 총과 탄약을

˚ **분파소** 순사들이 머물던 곳으로 예전의 파출소 같은 곳.

가지고 평창 방향으로 이동한 수가 천 명 이상이라고 전해진다."

연달아 두 개의 기사를 읽자 어머니가 물었다.

"한병은 뭐고 의병은 뭐니?"

"한병은 해산된 군인들을 지칭하는 거 같아요. 의병이랑 구분해서 적어 놨더라고요."

툇마루에 걸터앉아 곰방대를 물고 있던 외삼촌이 민석이의 대답을 듣고는 껄껄 웃었다.

"거, 한문도 읽고, 한글도 자유자재로 읽는구나."

"하나밖에 없는 자식이라고 신식학교에 보내 공부를 시켰어요."

어머니의 대답을 들은 외삼촌이 말했다.

"장원급제는 따 놓은 당상이네."

"오라버니도 참, 과거가 없어진 지 언젠데요."

"그런가? 그래도 글을 읽을 줄 아니까 얼마나 좋아. 우리는 죄다 까막눈인데 말이야."

큰 소리로 웃은 외삼촌이 민석이에게 물었다.

"그나저나 왜놈들은 청나라도 물리치고, 아라사도 이겼는데 해산된 군인들이 합세했다고 의병들이 잘 싸울 수 있는 게냐? 걱정도 되고 궁금하구나."

외삼촌의 물음에 민석이는 신문을 뒤적거려서 아까 읽었던 기사를 찾아냈다.

"『관동소식』이라는 기사에 의병들이랑 군인들이 어떻게 싸우는

시 나왔어요. 읽어드릴게요."

어른처럼 헛기침을 한 민석이가 큰 목소리로 기사를 읽었다.

"동편에서 온 사람이 전한 말을 들은 즉, 강원도와 충청도에 의병이 없는 고을이 없는데 한곳에 모여 있는 게 아니라 높은 산이나 깊은 골짜기, 언덕 위에 각각 파수를 세워 일본군들이 감히 들어가지 못한다. 그사이에 의병들이 흩어져서 복병으로 기습도 하고, 밤에 습격도 해서 일병을 살해한 숫자가 천 명 이상이다. 속사포가 둘이요. 양총도 천이삼백 정이며, 말이 수십 필이요. 탄환이 아홉 바리이다. 일진회는 만나는 족족 죽이고, 왜병들은 발이 부르터서 절뚝거리며 울고 가는 모양이 의병을 대적하지 못하는 형세요. 의병은 삼만 명인데 산의 포수와 백성들이 지원하여 세력이 날이 갈수록 커지고 있다더라."

민석이가 읽어 준 기사 내용을 들은 외삼촌이 무릎을 쳤다.

"그렇지. 왜놈들이 아무리 강해도 결국은 남의 땅이니 힘을 못 쓰는구나."

"거기다 군인들이 합세하면서 총이랑 탄약으로 잘 싸울 수 있나 봐요."

"그래, 아무래도 군인들이다 보니까 왜놈들이랑 대등하게 싸울 수 있겠지."

외삼촌이 얘기하는 와중에 멀리서 요란한 총성과 함성 소리가 아스라이 들려왔다. 놀란 어머니가 반사적으로 민석이를 끌어안았다. 텃밭에 나가 있던 외숙모도 황급히 돌아왔다. 넷은 약속이나 한 듯 안방으로 들어가서 문을 닫고 이불을 뒤집어썼다. 총소리와 고함 소리는 한동안 계속되었다. 덜덜 떨고 있던 네 사람은 문이 벌컥 열리자 깜짝 놀랐다. 슬그머니 얼굴을 든 민석이는 깜짝 놀라 외쳤다.

"아버지!"

늘 입고 있던 군복에 털모자를 쓴 아버지가 문 앞에 우두커니 서 있었다. 제대로 못 깎아서 그런지 얼굴에 수염이 덥수룩했다. 어머니가 눈물을 글썽거리며 말했다.

"꼭 산적 두목 같아요."

"그리게 말이외다."

방 안으로 들어온 아버지가 어머니를 와락 끌어안았다. 외삼촌은 한숨을 쉬었고, 외숙모는 옷고름으로 눈물을 닦았다. 민석이 역시 부모님을 끌어안은 채 울었다. 방 안은 순식간에 눈물 바다가 되었다. 한바탕 눈물의 폭풍이 휘몰아친 다음에 어머니가 물었다.

"신문에서는 여주나 문막에 있을 거라고 하더니 지평에는 웬일이십니까?"

"중요한 일이 있어서 혼자 먼저 왔어."

아버지의 대답을 들은 민석이가 옆에서 끼어들었다.

"읍내에서 총소리와 고함 소리가 나던데요."

"이인영 장군이 이끄는 관동 창의군 의병들이 지평에 입성하고 있다. 지평군수 김태식이 협조를 하지 않고 왜놈들 편을 들어서 처단하기로 했단다. 본부는 삼산리에 주둔할 거야."

"이인영 장군은 누구인가요?"

"여주 사람으로 과거에 장원급제한 적이 있는 양반이지. 을미년에 국모께서 왜놈들 손에 돌아가셨을 때 의병을 일으켰어. 병든 아버지를 모시고 문경에 은거하다가 이번에 의병장으로 다시 추대되었단다. 의병들을 이끌고 원주에 있다가 이곳으로 왔다."

"의병들이 쏜 총소리였나요?"

"그래, 읍내로 의병들이 들어오면서 총을 쏘았단다. 의병들이 오니까 주민들이 뛰쳐나와서 박수를 치고 환호성을 질렀고 말이야."

민석이와 얘기를 나누는 아버지에게 외삼촌이 말했다.

"먹는 건 제대로 먹었어? 일단 배를 채우게."

"고맙습니다. 형님."

넙죽 인사를 한 아버지가 환하게 웃었다.

외숙모가 차린 밥상이 방 한가운데 놓이자 아버지는 고맙다는 말을 다시 한 번 남기고는 음식을 먹어치우기 시작했다. 물을 떠 온 어머니가 조용히 옆에 앉았다. 아버지가 식사를 하는 동안 기다리던 민석이는 어머니와 외숙모가 밥상을 치우자마자 바짝 달라붙었다.

"그동안 어떻게 지내셨어요?"

"왜놈들을 쫓아내고 원주를 장악하자 의병들이 소식을 듣고 찾아왔단다. 그들에게 소총과 탄약을 나눠 주었지. 우리가 원수를 장악했다는 소식을 듣고 충주에서 정탐을 온 일본 군경들과 교전을 벌였지만 결국 쫓아냈단다. 그리고 한성에서 보낸 왜군이 도착하기 전에 원주를 빠져나왔지."

"문막이랑 평창 같은 곳에서 활동하신 거예요?"

민석이의 물음에 아버지가 고개를 끄덕거렸다.

"민긍호 특무정교는 강력한 적과 싸울 때는 흩어지는 게 좋다고 했거든. 함께 봉기한 김덕제 정교는 평창과 강릉에서 활동했단다. 민긍호 특무정교는 홍천과 여주, 제천과 충주 일대를 이동하면서 왜군과 교전을 벌이고 있지."

"그래, 왜놈들과는 잘 싸우고 있는 건가?"

한참을 듣고 있던 외삼촌의 물음에 아버지가 씩 웃었다.

"백성들이 다 우리 편이지 않습니까? 왜놈들이 몰려오면 알려주고, 식량도 지원을 해 줘서 싸우기만 하면 됩니다. 거기다 전국 각지의 의병들과 손을 잡고 싸워서 숫자도 밀리지 않습니다. 제천으로 간 우리 병사들이 그곳의 의병장 이강년과 손을 잡고 제천을 점령했고, 여주의 경무 분견소도 습격해서 무기들을 노획하였지요."

"거, 다행이구만. 왜놈들 횡포가 날로 심해져서 다들 걱정이 이만저만이 아니었는데 말이야."

"놈들이 의병들에게 하도 공격을 받으니까 무기를 소지하지 못

하세 하는 단속법이라는 걸 만들었습니다. 생계를 위협받은 포수들이 대거 의병에 가담하여서 큰 힘이 되고 있습니다."

방으로 돌아온 외숙모가 외삼촌 옆에 앉으며 한숨을 쉬었다.

"다른 건 모르겠고, 왜놈들이 설치면서 먹고 살기가 너무 힘들어졌어. 지평만 해도 왜놈들이 목 좋은 곳에 가게를 열고 장사를 하면서 돈을 싹 쓸어 가고 있어. 좋은 땅은 다 차지해서 농사도 짓고 말이야. 장터에 가면 여기가 조선 땅인지 왜놈들 땅인지 모르겠단 말이야."

"맞습니다. 왜놈들 손에 황제 폐하도 쫓겨나실 지경이니 백성들은 어떤 상황이겠습니까? 의병들과 군인들이 힘을 합쳐서 싸워야지요."

"잘 싸워서 왜놈들을 몰아내게."

외삼촌의 격려에 아버지가 고맙다고 대답했다.

"그런데 여긴 어쩐 일로 오신 거예요?"

"아이고, 우리 아들이 정말 눈치가 빠르고 똑똑하구나. 이인영 의병장을 만나러 왔다."

민석이는 왜냐는 물음을 눈빛으로 대신했다. 민석이의 눈빛을 읽은 아버지가 피식 웃었다.

"함께 손을 잡고 한성으로 쳐들어가기 위해서 말이야."

예상 밖의 단어를 들은 민석이가 물었다.

"한성을요?"

"거기를 쳐들어가서 왜놈들을 쫓아내야만 이번 전쟁에서 이길 수 있으니까."

아버지의 얘기를 들은 어머니와 외삼촌, 그리고 외숙모까지 모두 조용해졌다. 생각지도 못한 이야기였기 때문이나. 민석이가 먼저 겨우 입술을 움직였다.

"한성을 공격한다고요?"

"지금이야 잘 막고 있지만 총이나 탄약이 떨어지면 그때부터는 맨주먹으로 싸워야 할 판이야. 이번에 지방의 진위대가 봉기하면서 양총과 탄약을 확보할 수 있었지만 그것만으로는 한계가 명백하단다."

"하지만 한성에는 왜군이 엄청나게 많지 않아요?"

"맞아. 한 개 사단으로 만 명이 넘게 있어. 그래서 지방에서 의병들이 승리해도 지원군을 보내서 다시 반격을 하곤 하지."

단숨에 얘기한 아버지는 한숨을 쉬고는 덧붙였다.

"거기다 황제 폐하와 황태자께서 계시는 곳도 한성이고, 외국 공사관들도 있어. 그러니까 그곳을 되찾지 않고는 이 땅에서 왜놈들을 몰아낼 수 없단다."

"하지만."

민석이가 걱정스럽다는 표정으로 말을 하려는데 아버지가 먼저 입을 열었다.

"무슨 생각을 하는지 잘 안다. 원주 진위대만으로는 불가능해.

하지만 전국의 의병들이 하나로 뭉친다면 가능해."

"의병들이 연합한다고요?"

"지금도 의병들끼리는 서로 연락을 하면서 힘을 합쳐서 왜놈들과 싸우고 있단다. 팔도의 의병들이 모두 모이면 최소한 만여 명은 될 거다. 한 번에 쳐들어가면 해볼 만한 싸움이 될 것이야."

민석이는 물론이고 어머니와 외삼촌, 외숙모 모두 표정이 굳어졌다. 아버지가 군복 상의에서 접힌 종이를 꺼냈다.

"관동창의군 이인영 대장이 쓴 격문이다. 전국에 있는 의병부대에 전하는 것이지. 한번 읽어보겠니?"

민석이는 접힌 종이를 건네 받아서 펼쳤다.

"용병의 요결은 고독을 피하고 일치단결하는데 있다. 각 도의 의병들이 모여서 힘을 합쳐 둑을 무너뜨리는 기세를 이루어 쳐들어간다면 천하가 우리의 것이 될 수 없다고 해도 대한제국의 문제를 해결하는데 유리해질 수 있다."

종이에 적힌 글귀를 읽은 민석이가 아버지를 바라봤다.

"일본이라는 둑을 무너뜨리기 위해 힘을 합쳐야 한다는 말인가요?"

"그렇지. 왜놈들이 군대를 해산시키는 바람에 의병들의 기세가 커졌다고는 하지만 반대로 문제점이 없다고는 할 수 없지."

"문제점이요?"

민석이의 반문에 아버지가 한숨을 쉬었다.

"왜놈들을 몰아내려면 의병들을 대규모로 모아서 연합의진을 꾸려야 하는데, 출신 성분부터 살던 지역이 다르기 때문에 크고 작은 갈등들이 생겨나고 있어. 거기다 병력이 모이면서 군량과 무기가 부족해졌고 말이야. 그래서 내가 여기로 온 것이다."

"그 문제를 해결하기 위해서요?"

"의병들과 연락을 자주 취해야 문제가 커지는 걸 막을 수 있으니까."

"중요한 임무를 맡으셨군요."

존경과 걱정이 가득한 민석이의 대답에 아버지가 다시 웃었다.

"어려운 임무지만 민긍호 대장이 부탁한 것이니 힘써 해야지."

아버지와 민석이의 얘기를 듣던 외삼촌이 조심스럽게 물었다.

"지평에 의병들이 온 이유도 한성을 치기 위해서인가?"

"네, 지평은 강원도와 가깝고 충청도와도 길이 연결되어 있으니까요. 그래서 관동창의군이 들어온 겁니다. 조만간 다른 의병들도 이곳에 속속 집결할 겁니다."

"그럼 왜놈들도 몰려오겠군."

"목에 박힌 가시니까요."

아버지의 대답을 들은 외삼촌이 담담하게 말했다.

"올해 농사는 풍년일 거 같아. 도울 일이 있으면 언제든 얘기하게."

"감사합니다. 아내랑 민석이를 돌봐주시는 것만으로도 정말 큰 도움이 됩니다."

"어디서 머물 생각인가? 이곳에도 방이 있네만."

"읍내의 군영에서 지내야 할 거 같습니다. 종종 오겠습니다."

"그러게. 오늘은 어찌할 건가?"

"하룻밤 자고 오라는 명령을 받았습니다."

"잘 되었네. 푹 쉬게나."

외삼촌은 다시 곰방대를 찾았다. 민석이는 아버지와 어머니와 함께 방으로 들어갔다.

"오랜만에 가족들이 함께 모였구나. 나 때문에 고생이 많구나."

아버지의 말에 어머니는 배시시 웃으면서 돌아앉았다. 오랜만에 아버지를 본 민석이는 마냥 기뻐서 웃기만 했다. 아버지는 그런 민석이가 귀여운지 머리를 쓰다듬어줬다.

"올해 열세 살이지?"

"네, 아버지."

"곧 장가를 가도 되겠구나."

"아직 멀었습니다."

"세월은 금방 가는 법이지. 너도 얼른 자라야지."

아버지의 말에 민석이는 혀를 살짝 내밀며 웃었다.

밥이 익는 냄새에 눈을 뜬 민석이는 옆에 아버지가 없는 것을 보고 깜짝 놀랐다.

"아버지?"

민석이는 짚신도 제대로 신지 못하고 부엌으로 달려갔다. 아궁이 앞에서 불을 보고 있던 어머니에게 물었다.

"아버지가 안 보여요."

어머니가 웃으며 부엌 밖을 바라봤다.

"뒷마당에 계신다."

떠오르는 태양을 보면서 도수 체조를 하고 있는 아버지의 뒷모습이 보였다. 안도의 한숨을 쉰 민석이가 아버지 옆으로 가서 가만히 도수 체조를 따라 했다. 그러자 빙그레 웃은 아버지가 구령을 붙였다.

"하나, 둘, 셋, 넷!"

민석이는 이마에 송글송글 맺힌 땀을 훔쳤다. 그걸 본 아버지가 차렷 자세를 취했다.

"이제 그만, 쉬어."

"쉬어!"

아버지가 씩 웃으면서 툇마루에 가서 앉았다. 민석이도 아버지 옆에 앉았다.

"사실 너에게 부탁할 게 있어서 온 거란다."

아버지의 얘기에 민석이가 귀를 쫑긋 세웠다.

"무슨 부탁이요?"

부엌 쪽을 힐끔 살핀 아버지가 민석이를 바라봤다.

"한성으로 좀 가줘야겠다."

"저 혼자요?"

"누구랑 같이."

"무슨 일로 가야하는데요?"

『대한매일신보』에 관동창의군 명의로 선언문을 보내야 한다. 우편으로 몇 번 보냈는데 도착하지 않은 거 같아. 지금 한성은 왜놈들이 장악하고 있어서 섣불리 의병을 보냈다가는 체포당하고 말 거야."

"무슨 선언문이요?"

"우리의 대의명분과 거병 이유를 밝힌 선언문을 만들었다. 외국 공사관에게도 격문을 보내야 하고 말이야."

"외국 공사관에요?"

"그래, 우리 의병들이 힘을 합쳐서 한성으로 진격하려는 이유 중에 하나가 바로 외국의 지지를 얻기 위한 것도 있어. 왜놈들이 비록 힘이 세다고는 하지만 영길리나 미리견 같은 외국에는 비하지 못한다. 그들이 우리 편에 서면 왜놈들은 물러날 수 밖에 없어."

"꼭 『대한매일신보』여야 해요?"

"거기 사장이 영길리 사람이라 왜놈들이 쉽게 간섭을 못하는지 우리 의병에 대해서 우호적인 기사를 계속 내주고 있다는구나."

"그런 중요한 일을 제가 해야 한다고요?"

"지금 한성은 왜놈들이 철통같이 지키고 있어. 그래서 어른보다는 의심을 덜 받는 어린아이를 보내기로 했다. 너는 비록 어리지만 영리하고 눈치가 빨라서 해낼 수 있을 거라 믿는다."

"하지만 저는 한성에 가본 적이 없는 걸요?"

민석이의 조심스러운 물음에 아버지가 대답했다.

"한성에 가본 적이 있는 이이랑 동행할 거다. 그 아이를 따라가면 된다.『대한매일신보』사장인 배설과도 안면이 있으니까 걱정하지 말거라."

"한성으로 가겠습니다."

민석이의 대답을 들은 아버지가 머리를 쓰다듬어줬다.

"그래, 우리 아들 장하구나."

부엌에서 어머니의 목소리가 들렸다.

"여보, 식사하세요. 민석이도 얼른 와라."

아버지와 눈이 마주친 민석이는 본능적으로 깨달았다. 오늘 먹는 아침이 가족이 모두 모여서 먹을 수 있는 마지막 식사라는 것을 말이다.

아침 식사를 마친 아버지는 지평 읍내의 의병진영으로 돌아갈 차비를 했다. 애써 담담한 표정으로 아버지를 떠나보내는 어머니의 표정이 어두웠다. 어머니는 대청으로 민석이를 불렀다.

"네가 한다고 했니?"

"예, 나라가 어지러운데 뭐라도 해야죠. 거기다 아버지 부탁이잖아요."

"그래도 전쟁터나 다름없는데."

"저는 어린아이라 괜찮을 거예요. 걱정 마세요."

민석이의 대답을 들은 어머니가 한숨을 쉬었다.

"아버지가 내일 아침에 군영으로 오라고 하더구나. 외삼촌한테는 내가 얘기해 놓을 테니 오늘은 일을 나가지 말고 집에서 쉬어라."

"괜찮아요. 외삼촌 도와드리고 올게요."

민석이는 얼른 짚신을 신고 마당으로 나갔다. 싸리문 앞에서 돌아보니 어머니가 대청에 서서 하염없이 바라보는 게 보였다. 꾸벅 인사를 한 민석이는 외삼촌이 있는 밭으로 뛰어갔다. 새벽에 일찍 나와서 밭에서 잡초를 뽑던 외삼촌은 뛰어오는 민석이를 보고는 허리를 폈다.

"아이고, 돌부리 조심해라. 넘어지면 큰일 난다."

민석이는 움직이기 편하고, 바지자락에 흙이 묻지 않게 하려고 밭 앞에서 바지의 아랫단을 접었다. 밭으로 들어간 민석이가 빠른 손놀림으로 잡초를 뽑았다.

"너무 빨리 하지 말거라. 일찍 지친다. 일은 끈질기게 오래 해야 한다. 바짝 힘내서 하면 금방 지쳐."

"알겠습니다. 외삼촌."

외삼촌이 한 손에 쥔 잡초를 허리에 찬 보자기 속에 넣었다. 허리를 펴고 지평 읍내 쪽을 바라봤다.

"의병들이 들어왔으니 조만간 큰 싸움이 날 수도 있겠구나."

아버지를 떠올린 민석이가 조심스럽게 대답했다.

"그럴 수도 있겠죠."

"여기야 읍내에서 많이 떨어져 있지만 혹시 일이 터지면 산재골로 가자꾸나."

"산재골이요?"

"그래, 뒷산 말이다. 지난번에 갔던 조개 바위 기억나지?"

"네, 약초 캐러 갔었던 곳이요."

"맞다. 조개가 입을 딱 벌린 모양으로 생긴 바위, 그 사이에 암자가 있어. 예전에 스님이 계셨다가 입적하시고 버려졌지."

"그 아래 암자가 있었군요."

"맞아. 버려지긴 했지만 몸을 숨길 만하지. 여차하면 거기로 갈테니 너도 마음의 준비를 해두어라. 아버지가 의병이라 왜놈들이나 친일파들에게 들키면 안 되잖아."

민석이는 외삼촌의 얘기에 눈물이 핑 돌았다.

"고맙습니다."

"고맙긴, 가족끼리는 돕고 살아야지. 얼른 일하자. 며칠 안 본 사이에 잡초가 무성하구나."

무심하게 대답한 외삼촌이 밭두렁 사이를 천천히 걸어갔다.

한성으로 가는 길

다음 날 새벽, 민석이는 동이 트기도 전에 일어났다. 어머니가 미리 준비한 바지와 저고리를 입었다. 그리고 토끼털을 안쪽에 댄 배자와 남바위를 받았다. 귀를 덮는 남바위가 답답해서 벗으려고 하자 어머니가 고개를 저었다.

"길은 집이랑 달라서 엄청 춥단다. 그러니까 답답하더라도 꼭 쓰고 갔다 오너라."

민석이는 마지못해 알겠다고 대답했다. 주먹밥이 든 봇짐을 받아서 어깨에 멨다. 외삼촌과 외숙모는 대청에 서 있다가 돌아서서 눈물을 흘렸다. 어머니도 입을 가리고 울음을 삼켰다. 민석이는 담담하게 인사를 하고는 고갯길을 내려갔다. 지평 읍내로 가기 위해 몇 개의 개울과 언덕을 넘어야만 했다. 아버지가 있는 삼산리에 도착할 무렵 해가 서서히 뜨기 시작했다. 마을로 들어가는 입구에는 나무를 엮어서 만든 망루가 있었다. 망루 위에는 화승총을 멘 사냥꾼 차림의 의병이 서서 민석이를 내려다봤다. 다행히 별다른 제지가 없어서 지나칠 수 있었다. 읍내는 아침이라 그런지 차분하고 고요했다.

"아버지가 어디 계실까?"

관동창의군 원수부라고 적힌 커다란 깃발이 펄럭거리는 게 보였다. 장터 근처 큰 기와집 앞의 공터에 깃발이 꽂힌 천막이 세워져 있었다. 천막 앞에는 진위대 군복 차림의 병사 둘이 어깨에 양총을 메고 서 있었다. 남바위를 쓴 민석이가 앞에서 얼쩡거리자 병사 한 명이 어깨에 멘 양총을 거눴다.

"누구냐, 넌!"

다행히 옆에 있던 한 병사가 민석이를 알아봤다.

"윤 정교님 아들 맞지?"

"네, 민석이라고 합니다. 아버지가 여기로 오라고 했습니다."

"잠시만 기다려라. 안 그래도 창의군 대장님이랑 다 모이셨어."

얼마 후 병사가 천막을 한 손으로 걷은 채 들어오라는 손짓을 했다. 안으로 들어간 민석이는 쏟아지는 어른들의 시선에 자신도 모르게 몸을 움츠렸다. 다행히 아버지가 활짝 웃으며 민석이를 불렀다.

"이리 와서 창의군 대장님에게 인사를 올리거라."

쭈뼛거리며 다가간 민석이는 겨우 고개를 들었다. 의병들을 이끄는 이인영 대장이 앞에 서 있었다. 검정색 철릭에 가죽으로 된 모자를 썼다. 크지 않은 체구에 전형적인 시골 양반처럼 보였다. 눈빛만큼은 산에 사는 호랑이만큼이나 매서웠다. 이인영 대장이 얼굴에 미소를 띤 채 민석이를 내려다봤다.

"네가 윤 정교의 아들이로구나. 올해 몇 살이 되었느냐?"

"여, 열세 살입니다. 대장님."

"또래보다 덩치도 크고 눈빛도 강한 걸 보니 아버지처럼 용맹한 아이가 틀림없겠구나."

"과, 과찬이십니다."

기어 들어가는 목소리로 대답하는 아들이 귀여웠는지 아버지가 껄껄 웃었다.

"아들 녀석이 바짝 긴장했나 봅니다."

한쪽 무릎을 꿇어 민석이와 눈높이를 맞춘 이인영이 어깨를 토닥 거렸다.

"어린 너에게 위험한 일을 맡겨서 참으로 미안하구나. 하지만 나라가 백척간두의 위험에 서 있으니 남녀노소를 가릴 상황이 아니다."

"나라를 지키는데 기꺼이 힘을 보태겠습니다."

"그래, 아비가 호랑이라서 그런지 자식 역시 용맹하구나."

흡족한 표정을 지은 이인영 대장이 품속에서 서찰 하나를 꺼냈다.

"한성에 있는 『대한매일신보』에 가서 이걸 전해다오."

"누구한테 전하면 됩니까?"

"영길리 사람인 배설 사장이나 주필인 양기탁 씨에게 전해다오. 반드시 그 두 명에게 전달해야 한다."

"저는 두 사람의 얼굴을 모릅니다."

민석이의 말에 이인영이 아버지를 바라봤다. 헛기침을 한 아버지가 대신 대답했다.

"같이 갈 아이가 두 사람을 본 적이 있으니까 너무 염려 마라."

미리 얘기를 듣긴 했지만 누구랑 같이 가는지 궁금해진 민석이가 눈을 껌뻑거렸다. 그러자 아버지가 아까 민석이를 데리고 들어온 병사에게 눈짓을 했다. 병사가 천막 밖으로 나가는 사이 다른 사람이 들어왔다. 한 손에 종이를 든 그는 떡 벌어진 어깨에 머리털도 콧수염도 백발이었다. 굵은 눈썹은 강직한 성격이라는 걸 보여 줬다. 그가 들어서자 허위를 제외하고 모두가 고개를 숙이거나 군례를 올렸다. 가볍게 고개를 끄덕거린 허위가 민석이를 내려다봤다.

"이 아이는 누구인가?"

아버지가 얼른 나섰다.

"저의 아들 민석이라고 합니다. 군사장님."

"아, 아진이와 같이 갈 아이로군."

"그렇습니다."

힘차게 대답한 아버지가 민석이에게 말했다.

"관동창의군의 군사장이신 허위 어르신이다. 인사하거라."

"안녕하십니까? 군사장 어르신."

민석이가 꾸벅 인사를 하자 군사장 허위가 인자한 웃음을 지었다.

"어린 나이에 큰일을 맡아준다고 하니 참으로 대견하구나. 무사히 잘 마치고 돌아와다오."

"최선을 다하겠습니다."

민석이의 대답을 들은 군사장 허위가 이인영 대장에게 손에 든 종이를 내밀었다.

"강원도 관찰사 황철이 효유문을 또 다시 보냈습니다."

"무슨 내용이요?"

이인영 대장의 물음에 군사장 허위가 종이를 탁자 위에 놓으며 말했다.

"지난번과 비슷합니다. 나라가 어지럽고 민생이 도탄에 빠져있는데 백성들이 총을 들어 국가에 대항하는 것은 마땅한 일이 아니니 무기를 버리고 귀순하라고 말입니다."

얘기를 들은 이인영 대장이 화를 냈다.

"지금 흉악한 일본이 황제 폐하를 겁박하는 악행을 자행하고 조정을 친일파로 채워서 오백 년의 강토와 삼천리의 인민이 모두 저들의 손아귀에 들어가 있네. 그런데 조정의 녹을 먹는 자가 왜군을 앞세워 의진을 해산시키려 하다니 참으로 어처구니가 없는 일이네. 지금은 비록 일본이 강하다고 하나 악행을 저지르는 것이 쌓이면 하늘이 반드시 용서하지 않을 것이니 나는 관동창의군의 대장으로서 끝까지 싸울 것일세. 군사장은 나의 뜻을 관찰사에게 잘 전달하게."

"그리하지요."

군사장 허위가 대답하는 사이, 아까 나갔던 병사가 누군가와 함께 들어섰다. 민석이 또래의 아이였는데 꾀죄죄한 얼굴에 짧은 단발을 하고 있었다. 민석이처럼 바지와 저고리 차림이었지만 남자

아이가 아니라는 건 단번에 깨달았다. 민석이가 고개를 돌려 아버지를 바라봤다. 아버지는 민석이가 눈치를 챘다는 걸 알아차리고는 고개를 절레절레 저었다.

"진짜 눈치 하나는 빠르네. 아진이는 평창에서 선교활동을 하던 선교사의 딸이다. 한성에서 태어나 자라서 잘 알고 있고, 배설과 양기탁을 만난 적이 있지."

"아무리 그래도."

"왜놈들이 의병들을 돕는 마을을 쑥대밭으로 만들면서 교회가 불타고 부모님이 모두 돌아가셨단다."

"아, 저런."

자기도 모르게 말을 내뱉은 민석이는 아진이의 표정이 한층 더 우울해지는 것을 보고는 손으로 입을 막았다. 그런 민석이에게 아버지가 말했다.

"아진이 부모님이 모두 돌아가셔서 할아버지가 계신 한성으로 돌아가야 하는데 길이 워낙 험해 혼자 보낼 엄두를 내지 못했단다. 그러다가 마침 『대한매일신보』에 선언문을 보내야 하니 아진이도 같이 올려 보내기로 했다. 그러니까 너는 아진이와 함께 한성으로 갔다가 돌아오면 되는 거다. 할 수 있지?"

누군가와 같이 간다는 것은 알고 있었지만 그게 여자아이일 줄은 꿈에도 몰랐던 민석이는 안절부절하지 못했다. 하지만 아버지에게 실망을 안겨주고 싶지 않았다. 마른 침을 한 번 삼킨 민석이가 고개를 끄딕거렸다.

"할 수 있어요. 아버지."

아버지는 그럴 줄 알았다는 듯 민석이의 어깨를 툭 쳤다.

"그래, 여기서 한성까지 가는 길은 간단해. 서쪽으로 가다가 남한강을 따라서 그대로 가면 된다. 반나절쯤 걸으면 나루터가 나올 거야."

"나루터요?"

"그래, 북한강과 남한강이 만나는 곳이지. 거기를 지나서 양주와 망우를 거치면 동대문으로 들어갈 수 있단다. 거기서부터는 아진이가 길을 잘 아니까 따라가면 된다. 『대한매일신보』에 도착하면 어디에서 왔는지 말하고 서찰을 배설 사장이나 양기탁 씨에게 건네주어라."

민석이는 고개를 끄덕거렸다. 그리고 아진이를 바라봤다. 큰 충격에 빠져 얼빠진 아진이를 보면서 민석이는 속으로 걱정을 했다.

'자신 없는데.'

그런데 이제 와서 못 간다고는 할 수 없었다. 민석이는 부모님을 모두 잃은 아진이가 안쓰러웠다. 아진이 역시 민석이의 그런 마음을 눈치챘는지 몸을 비비 꼬았다.

"옷을 갈아입어야 하니까 잠깐만 기다려라."

아버지가 민석이를 보면서 말했다.

"옷이요?"

"나루터까지는 내가 우마차를 끌고 갈 거다. 너희들은 거기 타고 가면 되고."

"진짜요?"

"왜놈들이 어디까지 왔는지 정탐을 해야 해서 말이야."

아버지와 같이 간다는 사실에 신이 난 민석이를 보고 이인영 대장과 군사장 허위가 빙그레 웃었다.

"그럼 잠시 후에 망루 앞에서 보자."

민석이는 신이 나서 인사를 하고 아버지를 따라 나가려다가 아진이를 바라봤다. 머뭇거리는 아진이에게 민석이가 다가가 말했다.

"반가워, 나는 민석이라고 해."

"나는 아진이야."

생각보다 쾌활한 목소리로 아진이가 대답했다. 하지만 아진이가 억지로 미소 짓는다는 걸 어렵지 않게 알 수 있었다. 가족을 잃은 아진이의 마음이 어떨지 상상조차 할 수 없어 민석이는 아까 놀란 표정을 지은 게 더 미안해졌다. 간단히 인사를 나누고 천막 밖으로 나간 둘은 망루가 있는 곳으로 향했다. 아침 해가 뜨자 오가는 사람들이 조금 더 늘어났다. 논이나 밭에 가는 농사꾼들이 입에 문 곰방대에서 나온 연기가 사라진 새벽 안개를 대신했다. 민석이는 망루 아래 서 있는 아버지를 보고는 웃음을 참지 못했다. 앞으로 돌려맨 두건에 솜을 채운 저고리와 바지, 그리고 무릎 아래를 감싸는 네모 난 천인 행전에 구멍이 숭숭 나 있었다. 끌고 온 우마차에는 장작과

짚들이 가득 쌓여 있었다. 아버지가 소의 고삐를 잡은 채 말했다.

"어서 타라."

민석이는 잽싸게 푹신한 짚더미 위에 올라갔다. 그리고 아진이에게 옆자리에 앉으라고 손짓을 했다. 아진이는 조심스럽게 짚더미 위에 올라앉았다. 두 아이가 타는 걸 확인한 아버지가 소의 고삐를 당겼다. 소가 콧김을 한번 뿜어내더니 천천히 발걸음을 뗐다. 아버지는 소의 고삐를 해가 뜨는 동쪽으로 잡았다. 주변이 환해지자 삼산리의 풍경이 보이기 시작했다. 의병들과 병사들이 생각보다 많은 걸 본 민석이가 아버지에게 물었다.

"엄청 많네요."

"그럼, 여기저기서 의병들이 모이고 있으니, 적어도 삼천 명은 될 거다. 앞으로도 계속 모일 것이고 말이야."

"이 정도면 한성은 쉽게 손에 넣을 거 같아요."

"왜놈들은 전부 양총과 속사포, 그리고 대포도 잔뜩 가지고 있어. 쉽지 않은 싸움이 될 거다."

"그나저나 여긴 사방이 산이네요."

"산에 둘러싸인 곳이라 구둔치랑 벗고개 같이 몇 군데만 지키면 적들이 올 수 없는 곳이지. 한성 쪽은 평해로로 쭉 이어져 있고 말이야."

민석이가 아버지와 얘기를 주고 받으며 가는 동안 아진이는 계속 입을 다물고 있었다. 그게 신경 쓰인 민석이가 아진이에게 말을 건넸다.

"어디 살았어?"

"한성에서 살다가 평창으로 갔어. 아빠가 거기에 교회를 세웠거든."

그 후 일어난 일은 아진이에게 더 이상 묻지 않았다. 아버지 역시 착잡한 표정으로 앞을 보고 있었다. 평지가 끝나고 고갯길이 나오면서 소의 걷는 속도가 느려졌다. 아버지는 익숙한 듯 소의 고삐를 잡고 걸었다. 굽이굽이 도는 고갯길에도 의병들이 매복한 초소 같은 게 보였다. 아버지의 얼굴을 알아본 의병 한 명이 농담을 했다.

"소를 모시고 어디로 가십니까?"

"잠깐 양수리까지 정탐하고 올 거야. 잘 지키고 있어. 왜놈들이 언제 올지 모르니까."

"물론입니다. 걱정 마시고 잘 다녀오십시오."

의병의 씩씩한 대답을 들은 아버지가 여유롭게 웃으며 고갯길을 넘어갔다. 아진이는 여전히 말이 없었다. 민석이는 혹시나 말실수를 할까 봐 애써 입을 다물었다. 고갯길을 넘어가자 멀리서 회색 연기가 피어오르는 게 보였다. 가끔 밭을 태울 때가 있긴 하지만 그것과는 비교할 수 없을 정도로 연기가 치솟았다. 그걸 본 민석이가 아버지에게 물었다.

"무슨 연기일까요?"

"마을을 통째로 불태우는 거 같다."

76

"왜놈들 소행인가요?"

아버지는 민석이의 물음에 고개를 끄덕거렸다. 상상하지 못할 악행에 충격을 받은 민석이를 보고 아진이가 말했다.

"우리 마을도 그랬어."

아진이의 얘기에 민석이가 고개를 돌렸다.

"진짜?"

"어, 마을 사람들이 의병들에게 식량을 주고 망을 봐줬다는 이유로 말이야. 새벽에 쳐들어와서 마을에 불을 질렀고, 저항하는 사람들을 총으로 쏘거나 칼로 찔러서 죽었어. 아버지는 왜놈들을 막기 위해 나섰다가 칼에 찔렸고, 어머니는 그런 아버지를 부축하려다가 총에 맞았어. 마을 사람들이 붙잡지 않았다면 나도 뛰쳐나가서 죽을 뻔했고 말이야. 얼마 후에 의병들이 와서 나를 데리고 갈 때까지 나는 아버지와 어머니 옆에 있었어."

민석이는 놀란 표정으로 아버지를 바라봤다. 아버지 역시 착잡한 표정이었다.

"김덕제 의병부대가 아진이를 발견했어. 그 후에 우리에게 보냈지. 자기들은 이동을 자주 해서 아진이를 데리고 다니기 어렵다고 말이야."

"그렇게 되었군요."

고개를 다시 돌린 아버지는 멀리서 불타는 마을을 바라보면서 대답했다.

"험난한 시대란다. 사람답게 살기 위해서 총을 들어야 하고, 자기 땅을 지키기 위해서 목숨을 걸고 싸워야만 하지. 이런 시대가 하루빨리 끝나려면 싸우는 수밖에 없단다."

"저도 힘껏 돕겠습니다. 아버지."

"그래, 싸움은 우리 대에서 끝내야지."

얘기를 주고받는 사이 우마차는 내리막을 천천히 내려갔다. 그러다가 굽어진 산길을 도는데 한 무리의 사람들과 딱 마주쳤다. 놀란 아버지가 고삐를 세게 움켜쥐었다. 그 바람에 우마차가 갑자기 멈췄고, 앞으로 쏠린 민석이는 아진이를 팔로 잡아줬다. 다행히 둘은 떨어지지 않았다. 한숨을 돌린 아버지가 민석이에게 물었다.

"괜찮니?"

"네. 아진이도 괜찮은 거 같아요."

아버지는 우마차를 멈추고는 마주친 사람들을 바라봤다. 맨 앞에는 갓과 도포를 쓰고 지팡이를 든 노인이 있었고, 뒤에는 자식과 손자 손녀들로 보이는 이들이 줄줄이 서 있었다. 그들도 민석이 일행을 보고 놀랐는지 돌처럼 굳어 있었다.

길가에 앉은 할아버지와 가족들은 아버지가 건넨 주먹밥을 나눠 먹었다. 손가락에 붙은 밥알을 뜯어먹던 할아버지에게 아버지가 조심스럽게 물었다.

"어디서 오셨습니까? 어르신."

"우린 이천에서 왔어. 저기 남쪽."

노인이 가리긴 쪽에서는 몇 줄기의 연기가 올라오는 중이었다.

"무슨 일로 가족들이 다 떠나신 겁니까?"

"왜놈들이 어제부터 마을을 다니면서 집을 봉땅 태우고 있어. 의병들을 찾는다는 핑계로 말이야. 우리 마을에서는 없었지만 다른 마을에서는 저항하는 사람들을 죽였다더군."

할아버지가 깊은 한숨을 쉬며 해준 얘기에 아버지는 살짝 긴장한 표정을 지었다.

"이천 쪽으로 왜군들이 움직인 겁니까?"

"그건 모르겠어. 한겨울에 집들을 다 태워버려서 오갈 데가 없고 왜군들이 사나워서 가평같이 깊은 산속으로 가려고."

"인근 마을들도 해를 입었습니까?"

"다들 비슷한 처지외다. 이곳도 왜군이 언제 들이닥칠지 모르니 조심하시구려. 흉폭하기 그지없고, 의병들이랑 싸우다가 패하면 분풀이를 한답시고 마을을 공격한다오."

"고맙습니다. 어르신도 몸조심해서 가십시오."

할아버지와 그 가족들이 떠나고 나서도 아버지는 남쪽에서 눈을 떼지 못했다. 고갯길을 내려온 이후에도 간간히 피난민들이나 불안해하는 사람들을 만났다. 몇몇 사람들은 아예 보따리를 꾸려놓고 여차하면 피난을 떠날 준비를 마쳤다. 아버지는 아랫입술을 질끈 깨물었다.

"한성에서 쳐들어올 줄 알았는데 이천과 여주 쪽이 위험하겠어."

"이천과 여주면 지평 남쪽 아닌가요?"

"그래, 삼산리가 사방이 산으로 둘러싸인 요충지이긴 하지만 전부 다 지킬 수는 없어. 그래서 한성 쪽 고갯길을 집중적으로 막고 있는데 아무래도 느낌이 안 좋아."

계속 고민하던 아버지가 민석이에게 말했다.

"아무래도 나는 돌아가서 소식을 전하는 게 좋겠다. 미안하지만 여기서부터는 둘이 가야겠구나."

"걱정 마세요. 아버지."

우마차에서 훌쩍 뛰어내린 민석이는 대수롭지 않다는 표정으로 대답했다. 아진이 역시 따라 내리면서 괜찮다는 말을 했다. 아버지와 작별인사를 한 민석이는 나루터로 향했다. 아버지는 둘이 보이지 않을 때까지 지켜보다가 우마차를 돌렸다. 민석이는 터덜터덜 걸으면서 아진이를 바라봤다. 풀이 죽은 아진이는 땅을 내려다보면서 걸었다. 민석이는 그런 아진이에게 말을 걸었다.

"날씨가 곧 추워지겠어."

아진이는 대답 대신 고개를 끄덕거렸다. 더 할 말이 없어진 민석이는 머리에 쓴 남바위를 괜히 만지작거렸다. 싸늘한 바람이 두 사람을 그림자처럼 따라왔다.

나루터는 큰 깃발이 세워져 있어서 멀리서도 알아볼 수 있었다.

남한강과 북한강이 만나는 곳이라 강폭도 엄청나게 넓었다. 나루터에 도착한 민석이는 자기도 모르게 한숨을 쉬었다.

"많네."

의병들 때문인지 나루터에는 한양 쪽으로 가려는 피난민들이 많았다. 검정색 제복에 하얀띠로 둘러싸인 서양식 모자를 쓴 군인들이 잔뜩 있었다. 그걸 본 민석이가 중얼거렸다.

"군인들인가?"

민석이가 중얼거리는 걸 들은 아진이가 고개를 저었다.

"군인이 아니라 순검들일 거야. 경무청."

"그게 뭔데?"

"한성에서 도둑들을 잡는 관청이 경무청이고, 거기 속한 포졸들을 순검이라고 불러."

"아, 원주에는 순사 주재소가 있는데 한성은 경무청이라고 부르는구나."

민석이가 감탄하자 아진이가 살짝 쑥스러워했다.

"한성에 있을 때 많이 봤어."

소총과 칼로 무장한 경무청 순검들은 나룻배를 타려는 피난민들을 꼼꼼하게 살폈다.

"왜 저러지?"

민석이의 물음에 아진이가 순검들을 보다가 대답했다.

"살펴보나 봐."

"뭘?"

"나룻배를 타고 강을 건너면 한성이 지척이잖아. 피난민들 중에 의병이 있는지 보나 봐."

비로소 상황이 이해가 간 민석이가 바짝 긴장했다. 그런 민석이에게 아진이가 말했다.

"우린 한성에 있는 친척 집으로 가는 거야. 새문안길 홍교 근처에 친척이 살고 있고."

"아, 알았어. 근데 긴장하니까 자꾸 까먹네."

"우린 아직 어리니까 크게 의심하지는 않을 거야. 너는 내 친척 오빠야. 알았지."

"응."

민석이가 고개를 크게 끄덕거리면서 대답하자 아진이가 나루터 쪽을 보면서 얘기했다.

"내가 원주에 사는 너네 집에 갔다가 의병들 때문에 부모님이랑 헤어져서 집으로 돌아가는 길이야. 너는 나를 데려다주러 가는 거고. 알았지?"

"걱정 마."

말은 그렇게 했지만 긴장한 민석이는 괜히 남바위 끈을 잡아당겼다. 그걸 본 아진이가 웃었다. 앞에 서 있던 남자가 아이들의 웃음소리를 듣고는 돌아섰다. 20대 초반으로 보이는 남자는 두루마기에 중절모 차림이었다.

"너희들은 어디가니?"

쾌활한 목소리로 묻는 남자에게 아진이가 대답했다.

"당연히 한성에 가지요. 그런 걸 왜 물으십니까?"

"이마에 피도 안 마른 것들만 가니까 그렇지. 너희들 한성에 사니?"

"저는 한성에 살고 우리 사촌오빠는 원주 살아요."

아진이가 자연스럽게 민석이의 팔을 잡으며 말했다. 그걸 본 젊은 남자가 너털웃음을 지었다.

"사이가 좋구나. 나는 횡성에서 온 김규면이라고 한다."

"아저씨는 어디 가세요?"

"나도 한성에 간단다. 난생처음 가는 거라 두근두근하네."

어른답지 않게 덜렁거리는 아저씨의 모습에 민석이와 아진이는 소매로 입을 가린 채 웃었다. 그걸 본 아저씨는 더 크게 웃었다. 그렇게 웃고 떠드는 사이에 나룻배를 타는 줄이 점점 줄어들었다. 드디어 두 아이에게도 경무청 순검이 다가왔다. 하얀 띠가 둘러싸인 납작한 서양식 모자에 황실의 상징인 이화문이 먼저 보였다. 그걸 푹 눌러쓴 순검은 쥐새끼 같은 콧수염이 너무 두드러져 보여서 민석이는 저도 모르게 풋 하고 웃고 말았다. 그리고 아진이에게 말했다.

"쥐새끼가 제복 입고 서 있는 거 같지 않아?"

"맞아. 딱 쥐새끼네."

둘이 웃는 사이, 쥐새끼 순김은 김규면이라는 젊은 남자 앞에 섰다. 뒤로 차는 서양식 칼인 세이버가 구두를 살짝 치면서 덜그럭거리는 소리가 났다. 비스듬하게 선 쥐새끼 순사가 김규면을 위아래로 살펴봤다.

"너, 어디서 왔어?"

"횡성에서 왔습니다. 나리."

김규면이 두 손을 싹싹 비비며 굽실거렸다. 그런 김규면을 더욱 의심스러운 눈으로 쥐새끼 순사가 바라봤다. 나루터 근처에 있던 순검 몇 명이 다가왔다. 숲속에 한 무리의 왜군들이 보였다. 검정색 제복을 입은 순검과는 달리 황토색 군복에 긴 가죽장화를 신었는데 어깨에 달린 붉은색 견장이 눈에 띄었다. 순검 모자와 비슷한 서양식 모자를 썼는데 빨간 띠가 둘러싸여 있고, 가운데 노란색 별이 보였다. 몇몇은 검정색 군복을 입기도 했다. 소총으로 무장한 왜군들 사이로 원주 진위대에 있는 기관포와 비슷한 것도 하나 보였다. 그들 중 몇 명이 소총을 지팡이처럼 집고 일어났는데 소매와 바지 옆면에 붉은 선이 보였다. 갑자기 분위기가 무거워지자 김규면은 중절모를 고쳐 썼다.

"어째 그러십니까?"

"지금 사방에서 폭도들이 들고 일어나서 전쟁터나 다름없는데 어딜 간다고?"

"진고개요. 거기 왜각시들이 파는 눈깔사탕 사 먹으러 갑니다.

쇠 당나귀라고 부르는 전차도 타 보고요."

쥐새끼 순검은 신이 난 김규면의 대답을 들고도 미심쩍은 눈초리를 거두지 않고 이런저런 질문을 던졌다. 동료 순검들이 어느새 다가와 김규면을 느슨하게 둘러쌌다. 동료들이 다가온 것을 본 쥐새끼 순검이 김규면에게 말했다.

"모자 벗어 봐."

"아, 알겠습니다."

경직된 분위기에 놀란 김규면이 중절모를 조심스럽게 벗었다. 그러자 옆에 있던 다른 순검이 다가와서 김규면 이마에 눌린 머리카락을 옆으로 쓸었다. 그걸 본 민석이가 아진이에게 물었다.

"뭐하는 거야?"

"잘 모르겠는데 모자를 쓴 흔적 같은 걸 확인하나 봐."

"중절모를 쓰고 있는데?"

민석이가 아진이와 얘기를 주고받는 동안 쥐새끼 순검은 김규면이 건넨 중절모를 이리저리 살펴봤다. 그 사이에 김규면의 이마를 살핀 동료 순검이 말했다.

"군모 자국입니다. 중절모를 쓴 흔적이랑 다릅니다."

동료 순검의 얘기를 들은 쥐새끼 순검이 중절모를 내팽개치고 김규면의 두 손을 잡았다. 그리고 손바닥을 살펴보며 말했다.

"굳은 살이 있네."

"그, 그거야 농사꾼이니까 당연히 굳은살이 있죠."

"농기구를 쥘 때 생기는 굳은살이랑 소총을 잡을 때 생기는 굳은 살이랑은 달라. 너, 해산령을 거부한 군인이지? 폭도한테 가담한?"

쥐새끼 순검의 추궁에 김규면은 갑자기 잡힌 손을 뿌리치더니 두루마기 안에서 육혈포라고 불리는 리볼버 권총을 꺼냈다. 그리고 숨돌릴 틈 없이 쥐새끼 순검의 가슴팍에 대고 방아쇠를 당겼다. 엄청난 총성과 함께 쥐새끼 순감의 등 뒤로 피가 팍 터져 나왔다.

"으악!"

놀란 민석이는 아진이를 붙잡고 그 자리에 주저앉았다. 다른 피난민들도 놀라서 소리를 지르며 주저앉거나 사방으로 흩어졌다. 김규면은 다른 순검들에게도 권총을 겨눴다가 몸을 돌렸다. 그리고 민석이와 아진이를 힐끔 보고는 길 건너편 산으로 뛰었다. 뒤늦게 정신을 차린 순검들이 소리를 지르며 총을 쏘았다. 김규면은 이리저리 뛰면서 날아드는 총알을 피했다. 그걸 본 민석이가 중얼거렸다.

"제발 도망쳐요. 붙잡히지 말고."

거리가 어느 정도 떨어져서 안심하려는 찰나에 묵직한 기관총 소리가 들렸다. 연달아 터지는 총성에 아진이는 두 손으로 귀를 막았다. 쏟아지는 총알에 도망치던 김규면의 등이 피로 물들었다.

　결국 김규면은 수확이 끝난 논바닥에 엎어져 버렸다. 순검들 몇 명이 논바닥으로 내려가서 김규면의 시신을 질질 끌고 왔다. 그 사이, 가슴에 구멍이 뚫린 쥐새끼 순사는 기침을 몇 번 하더니 그대로 눈을 감았다. 순검들은 김규면의 시신을 발로 차고 침을 뱉었다. 그걸 보고 아진이는 충격에 빠졌다. 민석이는 서둘러 아진이의 소매를 잡아끌었다.

　"가자."

　"어딜?"

　민석이는 대답 대신 나루터를 턱으로 가리켰다. 총소리가 나고 사람들이 쓰러지면서 나루터는 혼란스러워졌다. 배를 댄 사공들은 서둘러서 건너가려고 했고, 지키던 순검들도 허둥지둥했다. 날카로운 눈으로 그걸 본 민석이는 아진이를 데리고 사람들을 지나쳐서 나루터로 달려갔다. 지키던 순검이 둘을 봤지만 어린아이들이라서 그런지 그냥 넘어갔다.

"아저씨! 우리도 태워 주세요."

삿대로 배를 밀어내려던 사공이 민석이의 외침에 얼른 오라고 손짓을 했다. 배가 떠나기 직전 둘은 간신히 올라탔다. 숨을 고르며 민석이는 아진이를 데리고 뱃머리로 가서 보따리를 든 아낙네 옆에 쪼그려 앉았다. 아낙네는 함께 탄 남편에게 물었다.

"무슨 일이었을까요?"

아까 만난 김규면처럼 두루마기에 중절모자를 쓰고, 곰방대를 물고 있는 남편이 퉁명스럽게 대답했다.

"무슨 일이긴, 폭도에 가담한 해산군인이 몰래 한성으로 잠입하려고 했던 거지."

대답을 들은 아낙네가 한숨을 쉬었다.

"어휴, 어쩌다가."

"이게 다 해산하라는 황명을 어기고, 멋대로 총을 가지고 폭도들에게 가담해서 그런 거지."

아낙네 남편 얘기를 들은 민석이가 발끈했다. 아진이가 그런 민석이의 소매를 꽉 잡았다. 민석이는 가까스로 화를 억누르고 아무것도 모른 척 아낙네 남편에게 물었다.

"그런데 군인들은 왜 해산명령을 듣지 않은 거예요?"

"머리가 나빠서 그렇지. 지들이 총을 들고 싸우면 일본이 무너질 줄 알았던 거지. 어리석은 것들 같으니라고."

곰방대를 손에 쥔 아낙네 남편은 요란스럽게 혀를 찼다. 민석이는 아무렇지도 않게 의병들과 해산군인을 모욕하는 그의 말에 화가 머리끝까지 치밀어올랐다. 하지만 해야 할 일이 있었기 때문에 애써 참았다. 그런 민석이의 속마음을 모르는 아낙네는 배시시 웃었다.

"우리 남편 똑똑하시? 그래서 일신회에도 일찌감치 가담했어."

"아, 일진회원이셨어요?"

몇 년 전에 결성된 일진회는 왜놈들의 앞잡이 역할을 하는 조선인들이 만든 단체라고 아버지가 말했다. 그래서 원주에서 진위대가 봉기했을 때 일진회원들이 가장 먼저 도망쳤고, 붙잡힌 일진회원들은 총살당하기도 했다.

민석이의 되물음에 아낙네가 고개를 끄덕거렸다.

"응, 봉화에서 홍천에 잠깐 왔다가 한성으로 가는 길이야."

민석이는 아낙네 남편을 바라보았다. 다시 곰방대를 문 채 강을 바라보던 아낙네 남편이 말했다.

"문명개화를 해야 사람 노릇을 할 수 있는 법이지. 일본은 청나라도 물리치고 아라사도 내쫓은 강국 중의 강국이다. 자존심을 굽히고 가깝게 지내면서 배울 걸 배워야 우리도 부강한 나라가 될 거라고. 총을 들고 저항한다고 되는 게 아니다 이 말이야."

침을 튀기면서 말하는 남편의 모습을 아낙네는 자랑스러운 듯 바라봤다. 부글부글 끓는 속을 억누르며 민석이가 물었다.

"맞는 말씀이긴 한데 일본이 과연 우리를 그냥 놔두겠어요? 의병들을 다 토벌한 다음에 나라를 집어삼킨다고 하면요?"

민석이의 물음에 일진회원인 아낙네 남편은 콧방귀를 뀌었다.

"일본은 청나라와 아라사를 물리친 다음에도 조선을 집어삼키지 않았어. 오히려 독립국으로 주권을 보장해 주었지. 아닌 말로 일본이 아니었으면 우리는 청나라나 아라사의 식민지가 되고 말았을 거다. 사람들이 그것도 모르고 말이야. 조선은 그래서 안 되는 거야."

민석이는 한숨을 쉬고는 아진이를 바라봤다. 생각 같아서는 호통이라도 치고 싶었지만 아진이를 한성으로 데려다줘야만 했다. 아진이도 참으라는 듯 눈을 껌뻑거렸다. 하지만 일진회원인 아낙네의 남편은 계속 얘기를 하면서 민석이의 속을 긁었다.

"이번에 군인들을 해산하라는 황제폐하의 칙령은 당연한 일이었다. 일본이 조선을 보호해 주기로 을사년에 이미 조약을 맺었다. 그러니 세금만 낭비하는 군대는 필요 없으니 당연히 해산을 해야지. 그런데도 무엄하게 황명을 어기고 총을 들었으니 모조리 잡아다가 총살을 시켜서 나라의 기강을 세워야 해. 암, 그렇고 말고."

"그런가요?"

더 이상 말을 섞기 싫어진 민석이는 짧게 대꾸하고는 강 건너편을 바라봤다. 그런 민석이의 태도가 마음에 들지 않았는지 일진회원인 남편은 곰방대를 뱃전에 탁탁 두드리면서 말을 이어갔다.

"일본에 갔다 온 우리 회원의 말로는 말이야. 사방에 철도가 깔려 있고, 하늘로 치솟은 건물들이 한두 채가 아니라고 하더라. 증

기로 가는 배들이 고래만큼 커서 파도에도 끄떡없고 말이다. 거기다 사람들이 근면 성실하고 천황을 충심으로 받들어서 나라가 나날이 발전하니 구라파의 강국들도 눈치를 본다는구나. 그런 일본을 상대로 총을 드는 건 계란으로 바위를 치는 꼴이지. 그래서 내가 진심으로 고향 사람들을 설득하려고 했는데 오히려 나를 죽이려고 들지 뭐냐? 무식하고 고집 센 것들 같으니라고."

일진회원인 남편의 얘기에 아낙네가 어두운 표정을 지었다.

"남편이 일진회원이라고 해서 고향 사람들이 우리 집에 몰려왔어. 주재소 순사들이 때맞춰 오지 않았으면 큰일 날 뻔했지 뭐니. 그래서 우리 집이 있는 홍천으로 잠깐 피신했다가 한성으로 올라가는 길이야. 한성에는 일본군이 많아서 괜찮다고 해서."

"네, 그렇군요."

민석이의 대답을 들은 아낙네가 남편에게 말했다.

"당신도 한성에 도착할 때까지는 조용히 좀 있어요. 사방에 의병들이라 무슨 꼴을 당할지 몰라요."

"쥐새끼같이 숨어다니는 의병들이 뭐가 무서워서 겁을 먹어. 할 말은 하고 살아야지."

그게 할 말이냐고 속으로 생각한 민석이는 강 건너편을 바라봤다. 얘기를 나누는 동안 사공들이 부지런히 노를 저어서 건너편 나루터에 다다랐다. 나루터에 배가 닿자마자 사람들이 우르르 내렸고, 일진회원과 아낙네도 그들 틈에 섞여 내렸다. 뱃삯을 치른 민석이도 아진이와 함께 배에서 내렸다. 그리고 한성을 향해 걸어가는데 먼저 내린 일진회원과 아낙네가 동료들과 만나서 떠들썩하게 얘기하는 모습이 보였다. 아까 나루터에서 죽은 김규면이 떠오른 민석이는 우울한 표정으로 그들 곁을 지나갔다.

마음 아픈 풍경은 한성으로 가는 내내 보였다. 길가의 집들 대부분이 불에 타서 잿더미로 변해버린 상태였다. 길옆 논에는 미처 수확하지 못한 벼가 서리를 맞아 썩었고, 밭 역시 마구 짓밟힌 상태였다. 폐허가 된 집을 배경으로 일본군이 기념사진을 찍는 모습도 보았다. 집을 잃고 망연자실한 사람들을 본 민석이는 눈물을 애써 참았다.

"나쁜 놈들, 죄 없는 조선의 백성들을 왜 괴롭히는 거야?"

주먹을 불끈 쥔 민석이가 울분에 가득 찬 목소리를 냈다. 아진이가 작은 한숨을 쉬더니 말했다.

"아버지가 그러셨는데 의지를 꺾기 위해서라고 하셨어."

"무슨 의지?"

민석이의 물음에 아진이가 불타버린 초가집을 바라보면서 대답했다.

"저항하려는 의지. 자기 땅과 가족을 지키겠다는 마음을 짓밟아버리고 비굴하게 복종하려는 마음을 심는 거지. 아까 그 일진회원 아저씨처럼 말이야. 저항을 할수록 심해질 거야."

아진이의 대답을 들은 민석이는 답답한 마음에 운길산을 하염없이 바라보며 걸었다. 그런 민석이에게 아진이가 말을 건넸다.

"너도 의병이 될 거니?"

아진이의 물음에 민석이가 대답했다.

"아버지와 의병들이 그 전에 왜놈들을 쫓아내실 거야. 하지만 만약 내가 어른이 될 때까지 싸움이 끝나지 않으면 당연히 총을 들어야지."

"아까 그 아저씨 말대로 일본을 상대로 싸우는 건 쉬운 일이 아니야."

"그렇다고 포기할 수는 없잖아. 왜놈들이 우리 백성들을 죽이고 집을 불태우는 걸 그냥 보고만 있을 수도 없고 말이야."

저도 모르게 목소리를 높인 민석이에게 아진이가 말했다.

"아까 그 아저씨 보고 속이 쓰렸는데 네 얘기를 들으니까 기운이 나네. 어서 가자."

"그래."

민석이와 아진이는 힘을 내며 씩씩하게 걸어갔다. 두 사람의 발소리에 놀란 길가의 새들이 푸드덕 날아올랐다.

덕소를 지나 양주군에 접어들 무렵 해가 저물었다. 민석이는 아진이를 데리고 머물 곳을 찾았다. 하지만 주막 같은 곳은 보이지 않았고, 근처의 마을 사람들도 모두 피난을 갔는지 아무도 없었다. 고민하는 민석이에게 아진이가 말했다.

"빈집을 찾아보자."

큰 길에서 살짝 벗어난 곳에 작은 마을이 보였다. 산자락 아래 몇 집들이 옹기종기 모여 있었다. 인기척은 없었지만 불에 타거나 무너진 흔적은 보이지 않았다. 길가에 서서 잠깐 지켜보던 민석이가 아진이에게 말했다.

"가 볼까?"

"조심해서 가자."

아진이의 대답을 들은 민석이는 조심스럽게 작은 마을로 다가갔다. 마을 초입에 우물이 하나 있었고, 좁은 길 좌우로 십여 채의 초가집들이 보였다. 초가집에 조심스럽게 다가가던 민석이는 걸음을 멈췄다. 뒤따르던 아진이가 물었다.

"왜?"

"바닥에 이상한 흔적이 있어."

민석이는 마을로 들어가는 우물가 옆으로 난 길을 가리켰다. 길바닥에 뭔가 날카로운 것으로 열 십(十)자를 새겨놓은 게 보였다. 그걸 본 아진이가 고개를 갸우뚱거렸다.

"십자가 같은데?"

"그러고 보니 야소교 예배당에서 본 거랑 비슷하네. 누가 이걸 새긴 거지?"

민석이의 물음에 아진이가 어둠 속에 잠겨가는 마을을 바라봤다.

"마을에 교회가 있는 거 같지는 않은데?"

의구심이 들긴 했지만 더 늦다가는 어둠 속에서 길을 잃을 수 있다고 생각한 민석이는 결심을 굳혔다.

"일단 조심해서 들어가 보자."

민석이는 아진이에게 뒤따라오라고 손짓하고는 마을 안으로 들어갔다. 다행히 인기척이 느껴지거나 누가 튀어나오지는 않았다. 초가집들을 살펴보던 민석이가 한 곳을 가리켰다.

"저기 들어가 보자."

반쯤 열린 싸리문을 밀고 마당으로 들어간 민석이는 세 칸짜리 초가집 주변을 이리저리 살폈다. 좁은 뒤뜰에는 흙무덤처럼 생긴 토실이 보였다. 마당을 살핀 민석이는 부엌으로 들어갔는데 아궁이의 온기가 아주 미세하게 남아 있었다.

"하루나 이틀 전에 떠난 거 같아."

민석이가 부엌을 살펴보는 사이, 아진이는 안방 문을 조심스럽게 열었다. 그리고 민석이에게 말했다.

"이불이 없어. 가지고 피난을 간 거 같아."

"왜놈들 때문이겠지?"

"아마도, 아까 나루터에서 본 것처럼 의병들에 대한 감시 때문인가 봐."

"그럼 여기서 쉬었다가 내일 아침에 해가 뜨면 움직일까?"

민석이의 얘기에 아진이가 고개를 끄덕거렸다. 둘은 빈 안방에 들어가 자리를 잡고 가져온 보따리를 풀었다. 안에는 어머니가 싸준 주먹밥이 있었다. 민석이는 잽싸게 일어나서 우물가로 가서 물을 퍼 왔나. 아진이는 민석이가 가져온 물을 마시고는 곧장 주먹밥을 먹어 치웠다. 민석이 역시 주먹밥으로 배를 채웠다. 둘은 서로 밥알이 묻은 얼굴을 보면서 소리 없이 웃었다. 주먹밥으로 식사를 마치고 벽에 기댄 채 잠을 청하려던 민석이는 바깥에서 들려오는 부스럭거리는 소리에 귀를 쫑긋 세웠다. 반대편 벽에 기대서 꾸벅꾸벅 졸던 아진이 역시 눈을 떴다. 손가락으로 조용히하라는 신호를 보낸 민석이는 조심스럽게 뒷문을 열었다. 어둑한 세상은 고요했고, 멀리서 개짖는 소리만 아스라이 들려왔다.

"잘못 들었나?"

작게 중얼거린 민석이가 방문을 닫으려는 찰나, 마을 입구 쪽에서 불빛이 어른거렸다.

"뭐지?"

처음에는 작게 하나로만 보였지만 곧 불빛이 늘어났다. 그리고 낯선 말소리들이 들렸다. 민석이는 아진이에게 속삭였다.

"왜놈들 같아."

"어떡하지?"

"일단 뒤뜰의 토실에 숨자."

민석이의 말에 아진이가 고개를 끄덕거리며 짚신을 챙겨서 살짝 뒷문으로 나왔다. 허리를 숙인 채 뒤뜰을 가로지른 민석이는 아진이와 함께 토실로 들어갔다. 한 사람이 겨우 들어갈 수 있는 입구로 기어들어 간 민석이는 아진이가 따라 들어오자 조용히 말했다.

"난 나가서 살펴볼 테니까 넌 여기 있어."

"위험해."

민석이는 품 속에서 아버지에게 받은 서찰을 건넸다.

"무슨 일이 생기면 네가 이걸 배설 사장에게 전해줘. 알았지."

아진이를 두고 토실을 기어 나온 민석이는 싸리담장이 있는 곳까지 기어간 다음에 바깥을 살폈다.

"마을 입구 쪽이네."

심호흡을 한 민석이는 천천히 싸리담장을 넘어섰다. 곧바로 옆집 굴뚝 뒤에 숨었다. 일렁거리는 횃불 아래 아까 두물머리 나루터에서 본 왜군들이 보였다. 한성으로 돌아가는 길 주변 마을을 수색하는 것 같았다. 민석이는 긴장감에 얼굴이 달아올랐지만 꾹 참았다.

"나는 대한제국 군인의 용감한 아들이야. 그러니까 최선을 다해야지."

스스로에게 용기를 불어넣은 민석이는 좀 더 가까이 가 보았다. 다행히 왜군들은 마을 입구에 모여 있었다. 굴뚝을 지나 민석이는 다시 담장을 넘어 옆집에 바짝 붙었다. 이제 왜군들과 민석이의 거리는 열 걸음 남짓이었다. 왜군들은 횃불을 들고 우물가 근처에 모여 마을 쪽을 바라보았다. 대청 아래로 기어들어 간 민석이는 왜군들이 횃불로 바닥을 비추며 뭔가를 찾는 걸 보았다.

왜군의 동태를 살펴보던 민석이는 그들 중 한 명이 갑자기 소리를 지르는 바람에 깜짝 놀랐다. 소리를 지른 왜군은 바닥을 가리키며 동료들에게 뭐라고 외쳤다. 그러자 동료들이 다가와서는 하나둘씩 고개를 끄덕거렸다. 처음 소리를 지른 왜군이 가리킨 것은 아까 민석이가 아진이와 함께 마을에 들어오면서 봤던 길바닥에 새겨진 열 십(十)자 표시였다. 왜군 병사들은 그 표시를 보고는 고개를 끄덕거리며 돌아섰다. 멀어져가는 왜군들의 뒷모습을 보면서 민석이는 안도의 한숨을 쉬었다. 문득 의문이 들었다.

"저 표시를 보고 왜 돌아간 거지?"

곰곰이 생각하던 민석이는 천천히 돌아섰다. 토실 안으로 들어가자 구석에 숨어 있던 아진이가 물었다.

"놈들은?"

"갔어. 입구에 있는 십자 표시 보고 그냥 가던데?"

"십자가 말이지?"

"응."

"기독교인이나 교회가 있다는 뜻이라 그냥 갔을지도 몰라."

"교회가 있어서 그냥 넘어갔다고?"

"아버지가 왜놈들은 서양인들을 무서워해서 기독교랑 문제 일으키는 걸 몹시 싫어한다고 했어. 그럴지도 몰라."

"그럴까?"

민석이의 물음에 아진이가 한숨을 쉬었다.

"그래서 왜군들이 마을에 쳐들어왔을 때 주민들이 교회로 피했고, 아버지가 나섰던 거였어. 그런데 다짜고짜 총을 쏘고 불을 질

렀어. 그러니까 다른 의미일 수도 있겠이."

"다른 의미?"

"응."

그때 일이 떠올랐는지 아진이의 눈이 빨개졌다. 그걸 본 민석이
는 괜히 미안해졌다.

"미안, 기억하고 싶지 않은 일을 떠올리게 했네."

"아니야. 그리고 이거 다시 받아."

아진이는 아까 받은 서찰을 건네주고는 토실 안쪽 벽에 기댄 채
잠을 청했다. 서찰을 받아서 품 속에 넣은 민석이 역시 토실 입구
쪽에 쪼그리고 앉아서 눈을 붙였다.

토실 입구로 들어오는 햇살에 눈을 뜬 민석이는 조심스럽게 밖으
로 기어 나갔다. 아직 어둠이 완전히 가시지는 않았지만 산 너머로
해가 서서히 떠오르고 있었다. 밖으로 기어 나온 민석이는 기지개
를 켠 채 주변을 휙 살펴봤다. 민석이의 기척에 아진이도 눈을 떴는
지 움직이는 소리가 들렸다. 민석이는 뒤따라 나온 아진이를 봤다.

"잘 잤어?"

"그럭저럭. 너는?"

"나도 괜찮아."

"부지런히 가면 한낮이 되기 전에 동대문에 도착할 거야."

아진이의 말에 민석이는 어제 걸었던 길을 바라봤다.

"동대문으로 가는 길은 저쪽이 맞을 거 같은데, 나는 한성은 가본 적이 없어서 걱정이야."

민석이의 얘기에 아진이가 대답했다.

"걱정하지 마. 한성은 내가 몇 년 동안 살아서 길을 잘 아니까, 『대한매일신보』도 어딨는지 알고, 배설 사장이랑 양기탁씨 얼굴도 알아."

"그럼 다행이네. 한성 안에서는 잘 부탁해."

민석이가 앞장서서 마을을 빠져나왔다. 어제 걸었던 길을 따라 서쪽으로 걸었다. 날이 밝아지자 주변 풍경들이 하나둘 보였다. 왜군 발길에 짓밟혔던 길가의 풀들이 아침이 되자 다시 일어섰다. 한성에 가까워지면서 오가는 사람들이 눈에 많이 띄었다. 보부상과 장사꾼들이 쪽지게와 수레에 물건을 나르고, 피난민들은 잘 보이지 않았다. 민석이가 사람들을 스쳐 가며 중얼거렸다.

"우리 동네는 난리가 났는데 여긴 평온하네."

민석이의 말을 들은 아진이 역시 주변 사람들을 바라봤다.

"아무렇지 않은 걸까? 아니면 억지로 태연한 척 하는 걸까?"

구불구불한 길은 야트막한 언덕과 고갯길로 이어졌다. 조금 뒤 작은 하천이 나타나자 아진이가 반색했다.

"왕숙천이네. 저기만 건너면 한성은 코앞이야."

아진이의 말에 민석이는 눈앞을 가로지르는 하천을 바라봤다. 고랭이 나루터에서 배를 타고 건넌 두물머리와는 비교할 수 없을 정도로 좁았지만 그냥 건너가기는 어려울 거 같았다.

"여긴 어떻게 건너?"

"위쪽으로 좀 올라가면 징검다리로 건널 수 있어."

"그러면 잠깐 쉬었다가 가자."

민석이와 아진이는 길가의 돌 위에 잠깐 앉았다. 쪽지게를 지고 지팡이를 든 보부상 둘이 어느새 옆에 앉아 있었다. 봇짐 장수가 행전을 고쳐 매면서 키 큰 보부상에게 물었다.

"양근 쪽으로는 가지 말라고?"

키 큰 보부상이 대꾸했다.

"그래, 지금 왜놈들이 남쪽에서 밀고 올라가서 난리도 아니야."

아버지와 의병들이 있는 곳이었다. 민석이는 표정이 굳어졌다. 민석이의 사정을 모르는 보부상들은 얘기를 계속 주고받았다. 봇짐 장수가 행전을 꼭 묶으면서 다시 물었다.

"거기 의병들이 꽤 많다던데?"

"원주 진위대 병사들이 가담하면서 세가 커졌다는구만, 민긍호인가 하는 사람이 이끈다고 하더라고."

"난세에 인물은 인물일세. 다들 왜놈한테 굽실거려서 출세하려고 안달인데 말이야."

행전을 다 고쳐 묶은 봇짐 장수가 한숨을 쉬면서 곰방대를 물었다.

"그나저나 접장*은 뭐래? 강원도에서 물건을 못 팔면 어디로 가라고?"

"그러게 말이야. 은근히 왜놈 편을 드는 게 마음에 안 들어. 다음 번 중점 때 확 갈아치울까?"

키 큰 보부상의 얘기에 봇짐 장수가 너털웃음을 지었다.

"그것도 좋겠네. 안 그래도 다른 보부상들도 마음에 들어하지 않 던데 말이야."

두 보부상의 얘기를 듣던 민석이는 조용히 일어나자는 손짓을 했 다. 아진이가 고개를 끄덕거리며 따라 일어났다. 둘은 말 없이 왕 숙천을 걷다가 굽어진 강둑의 징검다리를 보았다. 광주리를 머리에 인 아낙네들이 아이들의 옷자락을 잡고 건너가고 있었다.

"저기야."

아진이의 말에 민석이는 징검다리 쪽으로 걸어갔다. 민석이와 아 진이는 사람들 틈에서 조용히 왕숙천을 건넜다. 걷는 내내 민석이 는 걱정이 되었다. 그런 민석이를 본 아진이가 말했다.

"민석아, 네 아버지가 많이 걱정되면 내가 대신 서찰을 건네줄 까? 여기서부터는 나 혼자 갈 수 있어."

아진이의 얘기를 듣고 잠깐 고민하던 민석이는 고개를 저었다.

"아니야. 아버지가 너를 꼭 한성으로 데리고 가라고 했어. 아버 지는 용감하고 총을 잘 쏘니까 왜놈들이 어찌하지 못할 거야."

● **접장** 봇짐 장수들의 우두머리.

민석이의 말을 들은 아진이는 말없이 고개를 끄덕거렸다. 길 주
변에는 논밭 대신 채소밭이 눈에 띄었다. 새삼 달라진 풍경을 뒤로
하고 야트막한 망우산을 넘자 넓은 평지를 가로지르는 성벽이 눈에
들어왔다. 그걸 본 아진이가 감격스러워했다.

"한성이야. 드디어."

하룻밤 동안 온갖 위기를 겪다가 한성이 보이는 곳까지 도착하니 민석이는 한숨이 저절로 나왔다. 씩씩하게 걷는 아진이를 따라 동대문으로 향했다. 오른쪽은 제법 높은 산자락이 이어지고 왼쪽은 평지로 이어졌는데 성문 앞으로는 전차들이 오가고 있었다. 왼쪽

끝자락에는 수문들이 보였다. 물들이 폭포처럼 쏟아져 나오는 수문 주변에서는 손을 호호 불면서 빨래를 하는 아낙네들이 보였다. 아이들이 재잘거리며 아낙네 주위를 뛰어다녔다. 옹성으로 둘러싸인 동대문에 가까이 다가가자 2층에 문루와 현판이 보였다. 문루에는 검정색 제복의 순검들과 황토색 제복의 왜군이 같이 서서 드나드는 사람들을 내려다봤다. 문루 한쪽에는 나루터에서 본 기관포가 있었다. 현판에는 흥인지문이라는 한문이 적혀 있었다. 성문으로는 전차들이 드나들고 있어서 오가는 행렬이 꽤 밀렸다.

서둘러 걸어간 민석이는 아진이와 함께 줄을 섰다. 줄은 서서히 줄어들었다. 민석이는 아버지가 시킨 일을 해냈다는 기쁨보다 걱정이 되었다. 생각에 잠긴 민석이는 동대문을 스쳐 지나가는 행렬 속에서 자신을 쳐다보는 시선을 전혀 알아차리지 못했다. 뒤늦게 이상한 기분이 들어서 고개를 들었던 민석이는 깜짝 놀랐다. 바로 원주에서 만났던 나카무라가 코앞에 보였기 때문이다. 일본식 옷을 입고 털모자를 쓴 나카무라 역시 놀랐는지 두 눈을 크게 떴다. 원주에서 도망쳤다는 건 알았지만 설마 여기서 만날 줄은 몰랐다. 놀라움은 곧 두려움으로 바뀌었다. 동대문 앞에는 총을 든 왜군들이 보였다. 만약, 나카무라가 민석이의 아버지가 해산명령을 거부하고 군대에 가담한 걸 알고 있다면 당장 소리쳐서 왜군들을 부를 게 분명했다. 그걸 모른다고 해도 원주에 있다가 갑자기 한성의 동대문에 나타난 것을 충분히 의심스러워할 것 같았다. 나카무라는 동대문 앞에 서 있는 군인들을 힐끔 뒤돌아봤다. 어떡해야 할지 모르는 민석이는 마른 침을 삼켰다. 다행히 나카무라는 그냥 고개를 다시 돌리고 가던 길을 갔다. 그러고는 몇 발자국 간 후에 다시 민석이를 바라보고는 가볍게 고개를 끄덕거렸다.

나카무라의 고갯짓은 자신과 가족들을 살려준 은혜를 지금 갚는 다는 끄덕거림 같았다. 나카무라가 사라질 때까지 꼼짝 못 하고 서 있던 민석이에게 아진이가 다가와 물었다.

"아는 사람이야?"

가까스로 정신을 차린 민석이가 아진이에게 말했다.

"어, 원주에 살던 일본인 아이야. 여기서 마주칠 줄은 몰랐어."

"한성으로 피난 온 모양이네."

"그런 거 같아. 혹시나 아는 척을 하고 왜군한테 얘기할까 봐 걱정했는데 그냥 넘어가 줬네."

"양심에 찔렸을지도 몰라."

"양심?"

"아버지가 그러셨는데 일본인이라고 다 나쁜 건 아니래. 아버지가 아는 일본인은 조선 사람들을 괴롭히지 말라고 왜군한테 항의한 적도 있었어. 마을을 쑥대밭으로 만든 왜군 중에서도 몇 명은 아예 총을 쏘지 않거나 허공에 쏘기도 했고 말이야."

아진이의 얘기에 민석이는 고개를 끄덕거렸다. 나카무라가 모른 척 하고 넘어가지 않았다면 못 믿었겠지만 직접 겪은 이상 무작정 아니라고 할 수 만은 없었기 때문이다. 왜군이 삼엄하게 지키는 동대문을 지나느라 둘의 대화는 잠시 끊겼다. 왜군과 순검들이 철통같이 지키고 있는 동대문을 지나서 마침내 한성 안으로 들어왔다. 한성을 처음 본 민석이는 저도 모르게 감탄사를 내뱉었다.

"우아!"

동대문에 들어서자마자 왼쪽에 낯선 건물이 보였다. 보통의 한옥보다 몇 배는 크고 긴 건물에는 굴뚝이 하늘 높이 치솟아 있었다. 그 건물을 보고 굳어버린 민석이에게 아진이가 말했다.

"처음 보지. 저건 한성 전기 회사에서 운영하는 동대문 발전소야."

"발전소가 뭐야?"

"전차를 움직이고, 전구에 불이 들어오게 해 주는 전기라는 걸 만드는 곳이래."

마침 바로 옆으로 전차가 지나가면서 땡땡 종소리를 냈다. 가운데는 막혀 있고, 앞뒤쪽은 트인 전차 안에는 갓과 도포 차림의 사람들은 물론 양복 차림의 사람들도 잔뜩 타고 있었다.

"전구라면 본 적 있어. 저절로 불이 들어오는 거 말이지?"

"맞아. 전기가 있어야 하는데 그걸 만드는 곳이라고 아버지가 그랬어."

아진이의 얘기를 들은 민석이는 동대문 발전소를 바라보며 중얼거렸다.

"신기하네."

"세상이 하루가 다르게 변하고 있어. 전구도 예전에는 궁궐에서만 켰다는데 지금은 한성 길거리에도 켠다고 하더라."

"『대한매일신보』는 어디에 있어?"

"경복궁 근처 수진방 박동에 있다가 올해 초에 석전동 쪽으로 이사했다고 아버지가 그랬어. 남서 황단 신작로 석전동 초입 북쪽 3층 양옥가."

"찾을 수 있겠어?"

걱정스러워하는 민석이에게 아진이가 대답했다.

"아버지가 『대한매일신보』를 읽다가 사옥을 옮겼다는 기사를 보여주셔서 똑똑히 기억해."

"어떻게 가면 되는데?"

잠깐 서서 주변을 살피던 아진이가 말했다.

"전차 선로가 이어지는 종로로 따라가다가 남쪽의 광교를 지나서 경운궁 쪽으로 가면 돼."

"길을 알고 있어서 다행이네."

"이제부터는 나만 따라와."

"만나게 해 주고 너는 어디로 가는 건데?"

"홍교 근처 새문안길에 친척집이 있어. 가는 길이니까 괜찮아."

따뜻하게 웃는 아진이를 보며 민석이는 다소 안심이 되었다.

한성은 원주와는 비교할 수 없을 정도로 크고 사람들이 많았다. 복장도 다양했는데 원주에서는 정말 드물게 보이던 양복 차림의 사람들도 여럿 보였다. 장옷이나 너울을 뒤집어 쓴 여성들도 많이 돌아다녔다. 무엇보다 전차 선로가 놓인 길이 엄청 넓었다. 길옆에 기와집들도 크고 높은 편이라서 보기 만해도 목이 아플 지경이었다. 길거리에는 엿을 팔거나 숯불에 군밤을 파는 장사꾼들이 많았다. 전깃줄이 나무 전봇대로 쭉 이어진 것을 본 민석이가 중얼거렸다.

"빨래를 널면 잘 마르겠다."

아진이는 그런 민석이를 보고 가볍게 웃었다.

그렇게 한참 걷다 사거리가 나왔다. 오른쪽에는 벽돌로 만든 서양식 건물이 한창 지어지고 있었다. 그 옆에는 2층짜리 벽돌 건물이 보였는데 지붕에는 둥그런 탑 같은 게 서 있고, 거기에 커다란 시계가 달려 있었다. 길을 오가던 사람들이 멈춰서 회중시계를 꺼내 시간을 확인하고 도로 발걸음을 옮기는 게 보였다. 민석이가 그 건물을 바라보자 아진이가 대답했다.

"저 옆에 새로 짓고 있는 건 뭔지 모르겠고, 시계가 달린 건 한성 전기 회사 건물이야."

"아! 아까 동대문에서 본 전차를 운영하는 회사 말이지?"

"맞아. 저기에 시계가 달려 있어서 사람들이 시계집이라고 불러."

두 서양 건물의 길 건너편에는 커다란 종루가 보였는데 그걸 본 아진이가 말했다.

"저게 보신각이야. 경운궁은 남쪽이니까 잘 따라와."

민석이는 때마침 보신각 앞 정거장에 멈추는 전차를 피해 서둘러 거리를 건넜다. 전차 옆으로 인력거가 지나가서 잠시 멈췄다 가야만 했다. 인력거꾼은 추위에도 아랑곳없이 저고리를 풀어헤치고 바지도 둘둘 걷은 채 뛰어갔다. 한겨울에 춥지도 않은 건지 걱정하며 바라보던 민석이는 어서 오라는 아진이의 재촉에 서둘러 발걸음을 옮겼다. 조심스럽게 걸어가던 아진이는 돌로 만든 다리인 광교를 지나서 걸음을 멈췄다.

"저쪽인 거 같아."

아진이가 방향을 찾는 동안 민석이는 좌우로 건물들을 바라봤다. 동대문과 종로와는 달리 광교 주변과 남쪽은 벽돌로 지은 건물들과 일본식 목조주택들이 눈에 띄었는데 은행이라는 간판이 보였다.

"한성은행, 대한천일은행, 한일은행. 죄다 은행들이네."

"응, 돈을 빌려주고 이자를 받는 일을 하는 곳이야. 아버지도 교회를 지을 때 집을 맡기고 돈을 빌리신 적이 있어."

"신기한 일을 하네."

전차와 인력거, 그리고 수레가 정신없이 지나가는 와중에 발걸음을 재촉하던 아진이가 갑자기 소리쳤다.

"저기야. 저기 팔각형 정자랑 노란색 지붕 보여?"

까치발을 한 채 아진이가 가리킨 곳을 본 민석이가 대답했다.

"어."

"저게 황제 폐하가 제국을 선포하면서 만든 황궁우와 환구단이야. 저기 옆에 신작로가 있고, 거기 초입에 3층짜리 양옥이 『대한매일신보』사 건물이야."

"우아, 웅장하네."

"거의 다 왔어. 우리 기운 내자."

아진이의 얘기에 민석이는 주먹을 불끈 쥐고 걸었다. 황궁우와 환구단 주변에는 1, 2층짜리 한옥과 일본식 주택이 나란히 서 있었다. 그래서인지 벽돌로 만든 3층 건물이 금방 눈에 띄었다. 두 개의 굴뚝을 가진 건물은 길이 휘어지는 모서리에 있어서 그런지 오가는 사람들이 더 많았다. 개중에는 양복을 입은 조선인은 물론 외국인도 있었다. 하지만 민석이의 표정이 어두워졌다. 주변에 순검들이 너무 많았기 때문이다. 『대한매일신보』가 있는 건물을 감시하는 게 명백하게 느껴졌다. 아진이도 그걸 눈치챘는지 걸음을 늦췄다.

"그냥 덜컥 들어갔다가는 위험할 수도 있겠어."

"어떡하지?"

발을 동동 구르던 민석이를 다독거리던 아진이는 3층 양옥의 입구에서 나온 중년 남자를 보고는 반색했다.

"양기탁 아저씨야."

"누구?"

"『대한매일신보』 총무. 아버지랑 인사드린 적이 있었어. 잠시만."

아진이가 쏜살같이 뛰어갔다. 흰색 두루마기에 중절모 차림의 양기탁이라는 중년 남성은 다가오는 아진이를 보고는 반색했다. 잠깐 얘기를 나누던 아진이가 다시 민석이 쪽으로 헐레벌떡 뛰어왔다. 민석이가 궁금한 눈으로 바라보자 아진이가 가쁘게 말했다.

"배설 사장은 지금 신문사에 없대."

"그럼?"

"월암동에 있는 집에 있대. 아저씨가 신문사 근처에 순검이랑 밀정들이 감시 중이라고 떨어져서 따라오래."

먼발치서 바라보니 하얀 수염을 쓰다듬고 중절모를 고쳐 쓴 양기탁이 천천히 걸어갔다. 순검들 중 몇 명이 양기탁을 바라봤지만 따라붙거나 하지는 않았다. 경운궁 옆의 정릉동으로 들어선 양기탁이 걸음을 멈추고 손짓을 했다. 민석이와 아진이가 헐레벌떡 달려가자 양기탁이 중절모를 벗은 채 민석이에게 물었다.

"원주 진위대 소식을 가져왔느냐?"

"네, 아버지가 민긍호 특무정교와 함께 봉기를 일으키셨습니다. 지금 지평의 관동창의군 진영에 계신데 창의군 이인영 대장의 격문을 전해라 하셔서 여기까지 왔습니다."

"지평에서부터 여기까지 오다니 장하구나. 올해 몇 살이냐?"

"열세 살입니다."

"격문을 가지고 있느냐?"

고개를 끄덕거린 민석이가 품에 든 서찰을 꺼내서 보여 줬다. 주변을 살핀 양기탁이 말했다.

"배설 사장은 지금 집에 있다. 재판을 받고 근신 중이라서 말이야."

"재판이요?"

눈을 동그랗게 뜬 민석이를 보고 양기탁이 한숨을 쉬었다.

"배설 사장이 영국인이라 일본을 비난하는 내용의 기사를 실어도 감히 손을 대지 못했단다. 그런데 일본 정부가 영국 정부에 압력을 넣어서 터무니 없는 죄목으로 영사가 재판을 했고, 배설 사장에게 근신 처분이 내려졌단다. 그래서 신문사에 출근을 못 하고 있어."

"저런, 조선을 돕다가 곤경에 처했네요."

안타까워하는 민석이의 말에 양기탁이 중절모를 다시 쓰며 말했다.

"안 그래도 배설 사장을 만나러 가는 길이다. 너희들도 같이 가자."

"알겠어요. 어디예요?"

"새문 밖에 있는 월하동이다. 따라오너라."

민석이는 고개를 끄덕거리며 아진이를 바라봤다. 아진이가 활기차게 대답했다.

"경희궁 근처라서 나도 같이 갈게."

그렇게 민석이는 아진이와 함께 양기탁을 따라 정릉동을 걸었다. 한쪽은 경운궁의 궁장이었고, 다른 한쪽도 축대와 담장이 있었는데 조금 걷자 그 위를 가로지르는 운교가 보였다. 민석이가 놀란 눈으로 바라보자 양기탁이 설명했다.

"경운궁과 탁지부를 연결하는 다리란다. 황제 폐하께서 거둥하실 때 길을 폐쇄하지 않고 다닐 수 있도록 한 것이지. 이제는 다 쓸모없는 일이지만 말이야."

쓸쓸한 표정을 짓는 양기탁과 함께 정릉동의 거리를 지나 새문이 있는 오르막길로 향했다. 서양식 건물과 교회들이 보였는데 양기탁

15

이 이곳에 외국인들이 모여 산다고 얘기해 줬다. 그러다가 어느 2층 건물 앞에서는 잠깐 서서 설명해 줬다.

"이곳이 손탁빈관이란다. 손탁 여사가 황제 폐하의 명령으로 문을 연 곳이지."

손탁빈관의 2층 테라스에는 외국인들이 나와서 차를 마시며 얘기를 나누고 있었다. 그들의 말소리와 웃음 소리를 들으며 조금 더 걷자 새문이 나왔다. 단층의 문루를 지나자 돈의문이라는 현판이 걸려 있는 게 보였다. 돈의문을 나와 성벽이 이어진 오른쪽의 오르막으로 올라가자 커다란 한옥이 보였다. 그런데 벽이 종이나 나무가 아니라 붉은 벽돌로 되어 있었다. 양기탁을 따라 올라가자 흰색 중절모를 쓴 서양인이 보였다. 양기탁을 본 서양인이 서툰 한국어로 말했다.

"어서 오시오. 같이 온 꼬마들은 누구요?"

"아진이를 기억하시오? 강원도로 간 선교사의 딸이외다."

"아,『대한매일신보』만들 때 도움을 줬던 강 선생의 따님?"

"맞습니다. 이쪽은 지평에 주둔 중인 관동창의군 이인영 대장의 격문을 가져온 민석이라는 아이입니다. 둘 다 지평에서부터 여기까지 걸어왔다는군요."

"저런, 날도 추운데 어린아이들이 그 먼 길을 왔단 말입니까? 일단 들어가서 몸부터 녹입시다."

민석이와 아진이는 문을 열고 안으로 들어가는 서양인을 따라갔다. 집 안은 서양식으로 꾸며져 있어 민석이는 주춤거렸지만 아진이는 익숙한 듯 난로 옆 의자에 앉았다. 아진이를 따라 앉은 민석이에게 서양인이 악수를 건넸다.

"만나서 반갑다. 나는 『대한매일신보』 사장인 어니스트 베델이야. 그냥 배설이라고 불러라."

"바, 반갑습니다. 배설 씨. 저는 민석이라고 합니다."

"그래, 의병대장의 격문을 가져왔다고?"

민석이는 품속의 서찰을 건네며 간곡하게 말했다.

"네, 신문에 꼭 실어 달라고 부탁하셨습니다."

서찰을 건네 받은 배설이 양기탁에게 건넸다. 서찰을 펼친 양기탁이 배설에게 말을 건넸는데 알아들을 수가 없었다. 놀란 민석이에게 아진이가 귀띔했다.

"양기탁 선생은 영어를 하실 줄 알아."

한참 양기탁과 영어로 얘기를 나누던 배설이 민석이와 아진이를 바라봤다.

"미안, 한국어는 어느 정도 할 줄 알지만 읽는 건 서툴러."

"괜찮습니다."

"양기탁 총무에게 이야기를 잘 들었다. 격문을 그대로 싣는 것은 어렵겠지만 최대한 원문을 살려서 빠른 시일 안에 신문에 싣도록 하마."

"정말 고맙습니다."

"먼 길을 오느라 고생했는데 그 정도는 들어줘야지. 다만, 나는 근신 중이니까 나 대신 양기탁 주필이 알아서 해 줄 것이니 염려 마라."

민석이는 그동안 겪은 마음고생이 눈 녹듯이 사라지는 기분이 들어 눈물이 핑 돌았다. 그런 민석이에게 양기탁이 위로의 말을 건넸다.

"대한제국의 백성들은 모두 일본의 침략을 규탄하고 의병들의 활약에 기대를 걸고 있다. 한 글자 한 글자 정성스럽게 기사로 쓰겠다."

민석이가 결국 눈물을 흘리자 배설이 너털웃음을 지었다.

"이런 어린아이까지 용감히 나서는 걸 보면 일본은 결코 한국을 굴복시키지 못할 게다."

배설의 격려를 들은 민석이는 고맙다고 대답했다. 민석이와 아진이는 양기탁과 함께 배설의 집을 나왔다. 문밖까지 나온 배설이 잘가라며 손을 흔들어 줬다. 언덕을 내려가는데 양기탁과 얘기를 나누던 아진이가 말했다.

"나는 여기서 할아버지 집으로 갈게."

"혼자 갈 수 있겠어?"

민석이의 물음에 아진이가 웃으며 대답했다.

"경희궁 근처라서 금방이야. 데려다줘서 고마웠어. 잘 가."

아진이의 얘기를 들은 민석이는 아쉬움에 코끝이 찡해졌다.

"몸조심 해."

둘이 작별인사를 하는 걸 지켜보던 양기탁이 민석이에게 말했다.

"신문사에 제보가 들어왔었다."

"무슨 제보요?"

"이천과 여주에 주둔 중인 왜군이 지평에 모인 의병들을 공격할 거라고 말이다. 좀 지난 얘기니까 아마 지금쯤은⋯⋯."

차마 말을 잇지 못하는 양기탁의 표정을 본 민석이의 얼굴이 굳어졌다.

"안 그래도 아버지가 걱정이 되어서 지평으로 도로 가셨어요."

"조만간 큰 싸움이 벌어지든지 이미 벌어졌을지 모르겠다. 아무래도 이곳에 며칠 있다가 돌아가는 건 어떻겠느냐? 머물 곳은 내가 알아보마."

양기탁의 얘기를 들은 민석이는 고개를 저었다.

"저는 아버지 곁에 있을 겁니다."

민석이의 단호한 대답을 들은 양기탁이 안타까운 표정으로 말했다.

"인력거를 잡아줄 테니 동대문까지는 그걸 타고 가거라."

양기탁이 지나가는 인력거를 세웠다. 그리고 괜찮다고 말하는 민석이를 억지로 인력거에 태우고는 은화를 건넸다.

"가는 길에 노잣돈으로 쓰거라. 인력거 삯은 내가 따로 치르마."

양기탁의 옆에 서 있던 아진이가 말했다.

"만약 무슨 일이 있으면 우리 집으로 와. 홍교 안쪽 야주개 언덕 세 번째 집이야. 알았지."

민석이가 알겠다고 대답하자 아진이는 잘 가라는 말을 반복했다. 목적지를 전해 들은 인력거꾼은 알겠다면서 발걸음을 옮겼다. 인력거 의자에 앉은 민석이는 고개를 돌려서 양기탁과 아진이에게 열심히 손을 흔들었다. 정릉동 거리를 빠져나온 인력거는 경운궁의 대한문을 지나면서 속도를 높였다. 아버지가 시킨 일을 해냈다는 기쁨과 함께 긴장이 풀리면서 눈을 뜨기 어려울 정도로 피곤해졌다. 인력거 의자에 몸을 파묻은 민석이는 깜빡 잠이 들었다. 더 이상 귓가를 스치는 바람을 느끼지 못할 즈음, 갑자기 인력거가 멈췄다. 몸이 앞으로 기울어지면서 눈을 뜬 민석이는 바로 앞에 보이는 동대문을 보고 중얼거렸다.

"도착했네."

앞으로 기울어진 인력거에서 내린 민석이는 한겨울인데도 땀을 뻘뻘 흘리는 인력거꾼에게 인사를 하고는 동대문을 나갔다. 여전히 순검과 왜군들이 지키고 있었지만 홀가분해진 민석이는 가볍게 콧노래를 흥얼거리며 지나갔다. 그리고 성문 밖에서 엿을 파는 장사꾼에게 양기탁이 준 은화로 엿을 몇 개 사서 보따리 안에 넣었다. 가다가 만난 깨끗한 하천에 입을 대고 물을 마셔서 갈증을 해결했다. 민석이는 왔던 길을 다시 돌아가는 것이라서 발걸음도 더욱 가벼웠다. 하지만 중간에 만난 피난민들의 수가 더 많아졌고, 지나갈 때는 멀쩡했던 집과 논밭들이 잿더미가 되고 짓밟혀진 것을 보고는 마음이 더 무거워졌다. 거기다 팔당을 지나 두물머리의 고랭이 나루터에 도착할 무렵에는 지평 쪽에서 온 피난민들과 만나게 되었다. 혼비백산한 표정으로 배에서 내린 그들을 본 민석이는 마음이 다급해졌다. 뱃삯을 얼른 치르고 서둘러 강을 건넜다. 한성에서 건너가는 사람이 적어서 나룻배는 금방 맞은편에 닿았다. 배에서 내린 민석이는 발걸음을 빨리 옮겼다. 하지만 해가 금방 저물어 버렸다.

"이를 어쩌지."

발을 동동 구르던 민석이의 눈에 지나갈 때는 보지 못한 호롱불이 보였다. 가까이 다가가자 떠들썩한 목소리가 들려왔다.

"주막집이네."

빈집처럼 보였던 곳인데 호롱불이 켜진 마당에는 평상들이 깔려 있고 사람들이 떠드는 소리가 들렸다. 마치 뭔가에 홀린 것처럼 주막집에 들어가자 대청 앞 화로에서 꼬치를 굽던 주막집 일꾼인 중노미가 민석이를 위아래로 살펴봤다.

"혼자야?"

민석이가 대답 대신 고개를 끄덕거리자 중노미가 얼굴을 찌푸렸다.

"너, 돈은 있어? 동냥 하러 다니는 거지 같은데 말이야."

민석이는 아까 뱃삯을 치르고 남은 동전을 보여 줬다. 그러자 중노미의 눈빛이 달라졌다.

"이 정도면 국밥 한 그릇에 봉노방 구석 자리는 차지할 수 있을 거야. 따라와."

민석이를 툇마루 구석으로 데려간 중노미는 잠시 후에 국밥과 깍두기가 든 작은 상을 가져왔다. 그리고 민석이에게 상을 내밀었다.

"밥 먹고 저기 봉노방에 들어가서 자면 돼. 군불은 따뜻하게 지펴주겠지만 이불이 별로 없으니까, 서둘러."

민석이는 동전을 건네주고는 숟가락을 들었다. 며칠 만에 먹어보는 따뜻한 국밥을 허겁지겁 먹어치우고는 소매로 입가를 닦은 다음에 봉노방으로 들어갔다. 문을 열고 들어서자 이미 여기저기서 코를 고는 소리가 들렸다. 민석이는 조심스럽게 구석으로 가서 이불자락으로 몸을 덮고는 잠을 청했다. 잠들기 직전 민석이의 마음 한 구석에는 왜군이 쏜 총과 포탄이 터지는 소리가 들렸다.

민석이에게 닥친 비극

다음 날, 닭 우는 소리에 정신을 차린 민석이는 조심스럽게 밖으로 나왔다. 잠이 들 때보다 두 배는 늘어난 사람들이 누워 있어서 그들을 밟지 않게 조심해야 했다. 밖으로 나오자 마침 우물물을 길어 오는 중노미가 보였다. 민석이가 꾸벅 인사를 하자 중노미는 잠깐 기다리라고 하고는 바가지로 길어 온 물을 떠서 줬다.

"멀리 가는 모양인데 이거 마시고 가."

"고맙습니다."

선 채로 벌컥벌컥 물을 마신 민석이는 꾸벅 인사를 하고 주막집을 나왔다. 아직 어둠이 채 밀려나지 못한 하늘은 민석이의 마음 같았다. 처음에는 걷던 민석이는 마음이 급해지면서 뛰다시피 했다. 지평에 가까워질수록 불안감은 더욱 커졌다. 몇 시간을 달리고 달려서 지평이 보이는 언덕에 도달한 민석이는 눈 앞에 펼쳐지는 풍경에 억장이 무너졌다.

"전부 불타고 있어."

아래로 내려다보이는 지평 읍내는 물론이고, 주변의 고갯길 모두 불과 연기로 가득했다. 사방에 시신들이 보였는데 대부분 의병과 해산군인들이었다.

"아, 아버지!"

놀란 민석이는 한걸음에 뛰어 내려갔다. 장사꾼들과 손님들이 가득했던 장터는 물론이고, 근처의 집들도 모두 쑥대밭이 되어서 멀쩡한 집은 하나도 없었다. 얼마나 지독하게 탔는지 연기가 아직도 피어올랐다. 부서지고 불탄 집 사이로 사람들이 서성거리며 가족들의 이름을 부르거나 세간들을 챙겼다. 마을 사람들을 마주쳤을 때 활기차고 따뜻하던 모습들은 하나도 보이지 않았다. 장터 입구에는 수십 구의 시신들이 거적에 덮힌 채 나란히 눕혀져 있었다. 가족들이 구슬피 울고 있었다.

다급한 마음에 아버지가 있는 삼산리로 가던 민석이는 누군가를 보고 그대로 굳어져버렸다. 거적이 씌워진 시신 앞에서 어머니가 목 놓아 울고 있는 게 보였다. 놀란 민석이는 다리에 힘이 빠져서 그대로 주저앉을 뻔했다. 겨우 곁으로 다가갔지만 어머니는 울고 있느라 아들이 온 줄도 몰랐다.

"어, 어머니."

민석이의 물음에 어머니가 퉁퉁 부은 눈으로 돌아봤다. 그리고 와락 끌어안았다.

"아이고, 민석아. 아버지가 돌아가셨다. 왜놈들 총에 맞아서 돌아가셨어."

"지, 진짜예요?"

민석이의 물음에 어머니는 울면서 고개를 끄덕거렸다. 그 자리에 털썩 주저앉은 민석이는 거적을 덮어쓴 아버지의 시신을 물끄러미 바라봤다. 얼굴은 가려져 있고, 피범벅이긴 했지만 두툼한 손은 영락없는 아버지였다. 민석이는 조심스럽게 아버지 손을 만졌다. 참았던 눈물이 왈칵 쏟아졌다.

"아버지! 시킨 일 잘 마치고 돌아왔는데 왜 기다리지도 않고 왜 먼저 가셨어요?"

민석이가 목놓아 울자 어머니는 서러움과 안타까움을 한꺼번에 털어놨다.

"왜놈들이 쳐들어 오자마자 의병들을 포위했고 하룻밤 동안 싸

움이 벌어졌어. 나는 산재골로 피했는데 네 아버지가 걱정이 되어서 와봤더니, 다른 의병들이 후퇴하는 걸 엄호한다고 마지막까지 싸우다가 돌아가셨다는구나. 아이고, 가족들을 생각해서 날다람쥐처럼 도망쳐야지! 왜 거기서 버티기는 버텨. 아이고, 나는 못 살아."

민석이가 통곡하는 어머니를 끌어안았다. 멀리서 외삼촌과 외숙모가 수레를 끌고 오는 게 보였다. 외삼촌은 민석이를 보고 주저앉아서 통곡했다.

"아이고, 처남! 아들이 왔어. 아들이 왔는데 눈을 뜨지 못하다니, 하늘이 무심하구나. 하늘이 무심해."

외숙모도 돌아서서 눈물을 흘렸다. 민석이는 가까스로 정신을 차리고 외삼촌에게 물었다.

"왜놈들이 쳐들어 온 거예요?"

"그래, 수백 명이 남쪽에서 갑자기 밀고 오더라. 의병들이 산에 숨어서 하루 종일 총을 쏴대고 저항했는데 왜놈들이 말을 타고 사

방에서 나타나 기관포는 둘째치고 대포까지 가지고 와서 마구 쏘아 대더라. 의병들이 삼산리로 빠져나가는데 처남이랑 군인들이 마지막까지 버텼지."

"거기서 아버지가 돌아가신 거예요?"

"그렇다고 하더라. 덕분에 의병들은 큰 피해를 입지 않고 빠져나 갔대. 왜군들이 의병들을 놓치고 나서 분풀이를 한답시고 읍내를 불태우고 쑥대밭으로 만들었어. 우리는 산재골로 피했는데 네 어머니가 걱정된다고 내려왔는데……."

외삼촌도 말을 잇지 못했다. 얘기를 들은 민석이는 아버지가 마지막까지 자신의 임무에 충실했다는 것을 알았다. 민석이는 피범벅이 된 아버지의 손을 잡았다.

"아버지, 이제 어머니는 제가 잘 보살필게요. 걱정 마세요."

어머니는 옆으로 쓰러진 채 울고 있었다. 외삼촌이 민석이에게 힘겹게 말했다.

"슬프다고 언제까지 시신을 여기 놔둘 수는 없단다. 힘들겠지만 나와 같이 시신을 수레에 옮기자꾸나. 네 아버지를 양지바른 곳에 묻어 줘야지."

"네."

소매로 눈물을 훔친 민석이는 외삼촌과 함께 아버지의 시신을 들어서 수레에 올렸다. 여전히 울고 있는 어머니에게 민석이가 다가 갔다.

"어머니, 아버시 묻으러 같이 가요."

여전히 울고 있는 어머니를 부축해서 일으키려던 민석이는 손에
묻은 피를 보고 깜짝 놀랐다.

"어머니!"

어머니의 옆구리에서 피가 펑펑 솟구쳤다. 민석이가 외치는 소리
를 들은 외숙모가 다가왔다.

"아이고, 남편 시신을 보고 지나가는 왜군한테 달려갔는데 그 놈
이 총을 쐈어. 멀쩡한 것 같아서 빗나간 줄 알았는데 그게 아니었
네. 아이고, 이를 어째."

외숙모가 머리에 쓴 수건을 벗어서 상처가 난 옆구리를 틀어 막
았다. 어머니는 그사이 꼼짝하지 못할 정도로 의식을 잃었다. 그걸
본 외삼촌이 말했다.

"민석아! 어머니도 수레에 태워라. 산재골에 피난 온 사람 중에
의원이 있으니 보여 줘야겠어."

"네."

민석이는 끙끙거리며 어머니를 부축해서 수레에 태웠다. 어머니
는 아버지의 시신을 붙잡은 채 통곡을 이어갔다. 민석이는 피범벅
이 된 손을 닦을 사이도 없이 외삼촌과 함께 수레를 끌어야만 했다.
외삼촌이 수레를 끌면서 중얼거렸다.

"천하에 둘도 없이 나쁜 놈들 같으니, 왜 죄 없는 네 어미에게 총
을 쏘았을까? 거기다 지평 읍내도 온통 불바다로 만들어 버렸어.

남의 나라 땅에서 이리 몹쓸 짓을 하다니."

민석이는 아버지의 시신과 죽어가는 어머니를 실은 수레를 끌면서 눈물바다가 된 지평 읍내에서 멀어졌다.

지평 읍내를 벗어난 민석이 일행은 산재골로 가는 산 중턱에 땅을 파고 아버지의 시신을 묻었다. 여전히 몸을 가누지 못하고 우는 어머니를 외숙모가 부축한 가운데 민석이는 외삼촌과 함께 아버지의 시신을 땅에 묻고 흙을 부었다. 외삼촌은 아버지의 시신을 묻은 땅을 꼭꼭 밟으면서 말했다.

"들기로는 왜놈들이 죽은 의병을 묻은 무덤까지 훼손한다더구나. 그러니 일단 이렇게 묻고 나서 나중에 왜놈들이 물러나면 아버지를 다시 모시거라. 여기가 어딘지 잘 기억하고."

"네."

아버지를 묻고 나서 민석이와 외삼촌은 어머니를 태운 수레를 끌고 산재골로 들어갔다. 원래 화전민들이 머물던 곳이었는데 그들이 떠나고 나서 비어버린 오두막과 움막집에 피난민들이 모였다. 열 채 남짓한 집 중 한 움막집 앞에 수레를 세운 외삼촌은 움막의 입구를 가린 거적을 들추면서 말했다.

"남 의원 계신가? 여기 다친 사람이 왔소이다."

잠시 후, 안경을 코 끝에 걸친 중년의 남자가 나왔다. 파란색 마고자를 입고 머리에는 탕건만 쓴 괴상한 차림새였다. 얼굴은 바짝 말라서 홀쭉했다. 남 의원이라고 불리는 남자는 수레 위에 쓰러져 있는 어머니를 보고는 혀를 찼다.

"총에 맞은 모양일세."

"왜놈들이 쏘았어. 내 누이일세."

"저런, 어쩌다가?"

"처남이 원주 진위대 출신 의병인 윤천만 정교일세. 시신을 수습하다가 지나가는 왜군을 보고 분에 못 이겨 덤벼들다 총에 맞은 모양이야."

사연을 들은 남 의원이 거적을 들추고 안쪽을 가리켰다.

"일단 안으로 모시게."

옆에서 숨을 몰아쉬던 민석이는 외삼촌과 함께 어머니를 움막집 안으로 데리고 들어갔다. 안에는 어머니처럼 다친 환자들로 가득했다. 구석의 빈 거적 위에 어머니를 눕히자 남 의원이 다가와서 옆구리의 상처를 살폈다. 민석이는 끙끙거리는 어머니의 손을 꼭 잡아 줬다.

"어머니, 괜찮아요?"

어머니는 대답 대신 고개를 끄덕거렸다. 파랗게 변해버린 어머니 얼굴을 보니 분명 괜찮은 거 같지 않았다. 어머니의 상처를 살핀 남 의원의 표정도 어두웠다.

"상처가 너무 깊고 피를 많이 흘렸어."

남 의원의 얘기를 들은 외삼촌이 핏기가 가신 얼굴로 물었다.

"글렀다는 말인가? 아이고, 남편을 눈 앞에서 잃고 얼마나 분통이 터졌으면 맨 손으로 왜놈들에게 덤벼들었겠어."

"지금 삼천리 강산에 원통한 일을 당한 사람이 한둘인가? 왜놈들이 제집마냥 다니면서 분탕질을 하고 있으니 말이야."

"하늘도 무심하시지. 아이가 이제 열세 살일세. 이를 어찌해야 하는가?"

"일단 탕약 남은 걸 줄 테니 데워서 조금씩 먹여 보게. 상태를 살펴보세."

몸을 일으킨 남 의원이 민석이를 바라봤다.

"따라오너라."

"네."

남 의원을 따라 움막 밖으로 나간 민석이는 뒤로 돌아갔다. 약탕기가 화로에서 타오르고 있었다. 남 위원이 약탕기를 가리켰다.

"조금 있다가 가져가서 어머니한테 먹이거라."

"의원님! 이걸 마시면 어머니가 낫습니까?"

주저하던 남 의원이 대답했다.

"하늘에 맡겨야지."

무심한 듯한 말을 남긴 남 의원은 때마침 그를 부르는 소리에 바로 옆 오두막집으로 향했다. 홀로 남은 민석이는 약탕기 앞에 쪼그리고 앉았다. 잠시 멈췄던 눈물이 쏟아지려는 걸 억지로 참고 눈을 비볐다. 어떻게든 어머니를 살려야겠다는 생각을 하면서 꾹 참았다.

약탕기에 달여진 약을 어머니에게 조금씩 먹인 민석이는 새벽이
되어서야 움막집 구석에서 잠이 들었다. 해가 뜨고 한참 지난 다음
에야 눈을 뜬 민석이에게 외숙모가 바가지에 담긴 미음을 가져왔
다.

"좀 먹어라."

"전 괜찮아요. 어머니는요?"

이불을 덮고 누워 있는 어머니 쪽을 바라본 민석이에게 외숙모가
대답했다.

"내내 끙끙거리다 잠이 들었나 봐."

바가지를 받은 민석이는 어머니가 있는 쪽으로 기어갔다. 손을
살짝 만져 보고 온기가 있는 것을 느낀 민석이는 한숨을 쉬고는 그
제야 바가지의 미음으로 배를 채웠다. 옆으로 다가온 외숙모가 그
런 민석이의 머리를 쓰다듬었다.

"널 생각해서라도 어머니가 눈을 떠야 할 텐데 말이다."

"어머니는 반드시 눈을 뜨실 거예요."

민석이의 대답을 들은 외숙모는 옷고름으로 눈가를 훔쳤다.

"아이고, 어쩌다가 이런 일이 벌어졌을까? 하늘도 무심하시지."

연신 가슴을 치던 외숙모를 오히려 민석이가 위로를 해줘야만 했
다. 그때, 외삼촌이 입구의 거적을 들추고 황급히 들어왔다.

"큰일 났다."

"무슨 일인데요?"

"왜놈들이 몰려오고 있어."

외삼촌의 말에 민석이는 깜짝 놀랐다.

"여기까지요?"

"그러게, 어찌 알았는지 모르겠다만 방금 두릿재를 넘었다고 하는구나."

"두릿재면 코앞이잖아요."

"그러게나 말이다. 이를 어찌하냐?"

외삼촌 부부나 민석이같이 움직일 수 있는 피난민들은 도망치기에 충분했다. 하지만 어머니를 비롯해서 부상자들은 움직일 수 없는 처지였다. 그걸 알고 있던 외삼촌은 차마 입을 떼지 못했다. 잠깐 의식이 돌아왔는지 어머니가 힘겹게 말했다.

"민석아. 나는 괜찮으니까 외삼촌 부부 모시고 얼른 피해라."

다른 부상자들을 돌보는 가족들에게 얼른 도망치라고 어머니가 말했다. 하지만 다들 도망칠 엄두를 내지 못했다. 소식을 들었는지 남 의원이 들어왔다.

"왜놈들이 몰려온다면서요?"

외삼촌이 절망적인 표정으로 고개를 끄덕거렸다.

"그러게, 여기는 깊고 험한 곳이라 안 올 줄 알았어."

"일단 다친 사람들부터 숨깁시다."

"어디로 말인가?"

"마을 끝에 작은 동굴이 하나 있잖아요. 일단 거기로 옮기고, 나무 같은 걸로 막아봐요."

남 의원의 말에 외삼촌이 고개를 저었다.

"왜놈들 눈을 피하기는 어려울 거야."

"그렇다고 손가락만 빨 수는 없잖아요."

둘의 얘기를 듣던 민석이는 한성으로 갔던 기억을 떠올렸다.

"일단 옮겨요. 제가 막을 방법을 찾아볼게요."

끼어든 민석이에게 남 의원이 물었다.

"무슨 수로 말이냐? 의병도 근처에 없어."

"저를 믿어 주세요. 한성으로 가면서 본 게 있어요."

잠깐 민석이를 바라보던 남 의원이 고개를 끄덕거렸다. 그러고는 외삼촌과 환자 가족들에게 얘기했다.

"왜놈들이 오고 있으니 마을 뒤쪽 동굴로 다친 사람들을 옮깁시다. 서둘러요. 왜놈들은 다친 사람이라고 봐주지 않습니다."

외삼촌과 외숙모가 축 늘어진 어머니를 들어서 옮기는 것을 시작으로 다친 사람들이 하나둘씩 움막 밖으로 나왔다. 뒤따라 나온 민석이는 어제 한약을 달인 약탕기가 있는 곳으로 향했다. 그리고 타다 남은 장작 몇 개를 꺼냈다. 마지막으로 아직 불씨가 남아있는 장작까지 꺼내는 걸 본 남 의원이 물었다.

"그걸로 무얼 하려고 그러는 것이냐?"

"왜놈들 눈을 속이려고요."

한걸음에 마을 입구로 달려간 민석이는 첫 번째 오두막집의 벽과 대문에 장작의 숯으로 된 부분을 대고 열십(十)자를 그렸다. 그리고 다음 움막의 벽에도 같은 표식을 남겼다. 그리고 옆에 있는 움막에 불을 붙였다. 움막의 나뭇가지에 불이 옮겨붙자 장작을 지붕에 던진 민석이는 그 옆의 바위에 몸을 숨겼다. 지켜보던 남 의원도 따라서 몸을 숨겼다. 잠시 후, 고개를 넘어온 왜군들의 모습이 보였다. 선두에는 말을 탄 장교가 있었고, 그 뒤로 스무 명쯤 되는 왜군과 순검들이 착검한 총을 들고 따라붙었다. 마른 겨울 햇살에 비친 총검이 번쩍거렸다. 말을 탄 장교가 망원경으로 마을을 살폈다. 민석이는 얼른 고개를 숙였고, 남 의원도 따라서 숨었다. 아까 불을 붙인 움막에서 불길이 치솟으면서 연기가 자욱하게 끼었다. 바짝 엎드린 민석이는 주먹을 꼭 쥔 채 중얼거렸다.

"제발 그냥 가라. 그냥 가라고."

민석이의 간절한 바람과는 달리 왜군들이 다가왔다. 발소리를 들은 남 의원이 민석이의 어깨를 움켜쥐었다.

"내가 소리를 치면서 저쪽으로 도망치마. 너는 그 사이에 반대로 뛰어라."

"그랬다가는 둘 다 죽어요. 그냥 숨어 있어요."

민석이의 대답을 들은 남 의원이 주저하다가 그대로 있었다. 그 사이에 가까이 다가온 왜군들이 불타오르는 움막집과 열십(十)자

표시가 있는 오두막집을 수색했다. 몇 명의 병사는 허공에 대고 총을 쏘아댔다. 탕탕거리는 총소리에 놀란 민석이의 어깨가 들썩거렸다. 그걸 본 남 의원이 속삭였다.

"그대로 있어라. 왜놈들 수법이야."

"수법이요?"

"그래, 그냥 총을 쏴서 놀란 사람이 튀어나오게 하는 수법이지. 우리를 발견했으면 진즉에 여기로 총알이 날아왔을 거다."

"그러네요. 견뎌볼게요."

총소리가 울려 퍼지는 가운데 오두막과 움막을 수색했던 왜군들이 밖으로 나왔다. 그리고 벽과 문에 그려진 열십(十)자 표시를 다시 바라보고는 드디어 돌아섰다. 그들이 돌아오는 것을 보고 있던 말을 탄 장교가 고삐를 잡고 말머리를 돌렸다. 그들이 사라지는 것을 본 민석이가 깊은 한숨을 쉬었다.

"놈들이 속아 넘어갔네요."

"십자 표시가 무슨 뜻인데 여길 수색하지 않고 돌아간 거지?"

"잘 모르겠지만 한성에 갈 때 저런 표식을 한 마을은 살펴보지 않고 그냥 갔어요."

민석이의 설명을 들은 남 의원이 밝은 표정을 지었다.

"호랑이한테 물려가도 정신만 차리면 산다고 하더니 딱 그 상황이네. 네가 아니었으면 우리 모두 죽은 목숨이었다."

"어머니를 보살펴 주셨으니 제가 고맙지요."

"왜놈들이 다 떠난 모양이니 이제 동굴로 가 보자. 오늘은 거기서 지내는 게 좋겠어."

"네."

고개를 끄덕거린 민석이는 조심스럽게 일어나면서 손에 묻은 흙을 털었다. 남 의원과 함께 동굴로 간 민석이는 누워있는 어머니 곁으로 다가갔다. 인기척을 느낀 어머니가 눈을 가늘게 뜬 채 민석이를 바라봤다.

"잘 안 보이지만 우리 아들 맞지?"

"네, 어머니 아들 민석입니다. 윤민석."

"그래, 어제 꿈에 아버지를 봤다. 나보고 빨리 오라는구나."

"안 됩니다. 저랑 같이 계시다가 나중에 보러 가요."

다급한 민석이의 얘기에 어머니가 희미하게 웃었다.

"그럼, 남편한테 좀 있다 갈 거니까 좋은 집 한 채 지어놓고 기다리라고 했다. 그랬더니 봐둔 것이 있다며 나중에 아주 나중에 오라는구나."

힘없는 목소리로 대답한 어머니는 다시 눈을 감았다. 놀란 민석이가 손을 잡자 희미한 온기와 함께 맥박이 느껴졌다. 안도의 한숨을 쉰 민석이는 다리에 힘이 풀린 채 주저앉았다. 그런 민석이를 본 남 의원이 어깨를 토닥거렸다.

"일단 좀 쉬거라. 네 어머니를 치료할 방법을 찾아보마."

"고맙습니다."

왜군이 다시 돌아올지 모른다는 걱정에 피난을 온 몇몇 가족들은 다른 곳으로 떠났다. 그 중에는 외삼촌과 외숙모도 있었다. 외숙모는 굉장히 미안한 표정으로 민석이의 손을 잡았다.

"옆에 있어줘야 하는데 영월에 사는 큰아들이 걱정되어서 말이야."

"지금까지 도와주신 것만 해도 고맙습니다."

서운함을 애써 감춘 민석이에게 외숙모가 손을 꼭 잡았다.

"어머니 잘 모시고, 나중에 네 어머니가 걷게 되면 영월로 오너라."

"알겠습니다."

"꼭이다. 알았지."

외숙모는 미안하다며 손에 낀 은가락지를 빼서 민석이의 손에 꼭 쥐어주었다. 수레 옆에 서 있던 외삼촌은 민망한 표정으로 연신 잘 있으라는 얘기를 하고는 돌아섰다. 수레를 끄는 외삼촌을 따라가던 외숙모는 몇 번이고 돌아보면서 손을 흔들었다. 외숙모와 외삼촌이 멀어지는 것을 우두커니 보고 있던 민석이에게 남 의원이 다가왔다.

"나랑 지평 장터에 좀 다녀올래?"

"장터요? 쑥대밭이 되었잖아요."

"거기 장터에 의원이 하나 있어. 주인은 피난을 갔지만 경황이 없었으니 약재가 좀 남아있을지도 몰라."

"어머니의 상처를 치료할 약도 있어요? 거기에."

남 의원이 고개를 끄덕거리자 민석이는 주저하지 않고 대답했다.

"그럼 갈게요."

"고맙다. 혼자 가면 위험하겠지만 네가 망을 봐주면 괜찮을 거 같아서 말이야."

"언제 가실래요?"

"바로 가자. 도착하면 해가 떨어질 거야."

"네. 짚신만 바꿔 신고 올게요."

새 짚신을 신은 민석이는 행전을 꼼꼼하게 묶고 남 의원을 따라 나섰다. 이런저런 얘기를 주고받다가 그가 원주 진위대에 속한 고성 분견대 소속의 군의였던 것을 알게 되었다.

"아버지가 의원이라 어깨너머로 이것저것 배웠지. 아버지가 을미년에 일어난 의병에 가담했다가 돌아가시는 바람에 가족들이 뿔뿔이 흩어졌고, 나는 먹고 살기 위해 군문에 들어섰지. 다행히, 의술을 좀 안다고 해서 병사들을 치료해주는 군의가 되었단다."

"그럼 우리 아버지도 보셨겠네요?"

"먼 발치에서 몇 번 봤단다. 아주 듬직하고 용감하셨단다."

"맞아요. 우리 아버지 진짜 용감하신 분이에요."

"삼산리 전투에서 마지막까지 의병들을 엄호했다가 전사하셨다고 들었다."

남 의원의 물음에 민석이는 힘없이 고개를 끄덕거렸다. 축 늘어진 민석이의 어깨에 남 의원의 손이 얹혀졌다.

"가혹한 세상이지만 우리가 힘을 합치면 이겨낼 수 있을 거다. 설사 이기지 못한다고 해도 이겨낼 용기를 얻을 수 있지."

"퇴각한 의병들은 다 흩어졌나요?"

"아니, 양주와 원주로 철수해서 한성으로 진격할 기회를 노리고 있을 거야. 관동창의군에서 13도 연합의진으로 이름도 바뀌었지."

"팔도의 의병들이 다 모이는 건가요?"

민석이의 물음에 남 의원이 피식 웃으며 머리를 쓰다듬었다.

"다 모이지는 못한단다. 올라오는 길목을 왜군들이 군데군데 차단을 해서 말이다."

"아버지가 힘은 합치면 합칠수록 강해진다고 하셨어요."

"맞아. 아무리 왜군이 강하다고 해도 의병들이 모이면 감당하기 어려울 것이다. 조만간 한성으로 진격한다고 하니 네 아버지의 원수도 갚을 수 있겠지."

아버지 얘기를 들은 민석이는 터져 나오는 눈물을 참으며 주먹을 불끈 쥐었다.

탕건 대신 남바위를 쓴 남 의원이 앞장선 가운데 민석이가 뒤를 따랐다. 지평 읍내는 왜군이 불을 질러버리는 바람에 멀쩡한 건물이 없었다. 양조장도 불타서 사라졌고, 쌀을 비롯해서 온갖 상품들을 팔던 시장의 건물들도 잿더미가 되어서 흔적만 남았다. 주인을 잃은 강아지가 낑낑거리며 폐허를 돌아다녔다. 장터에 온 사람들이 항상 들르던 국밥을 파는 주막집도 새까맣게 타버린 상태였다. 조심스럽게 걸어가던 남 의원이 갑자기 걸음을 멈추고 조용히 앉았다. 그리고 뒤따라오던 민석이를 손짓으로 불렀다. 민석이가 다가가자 남 의원이 불탄 주막집을 가리켰다.

"저기 뒤쪽이 의원이야. 안에 가서 약을 가지고 올 테니까, 너는 여기서 망을 보고 있거라."

"알겠습니다. 의원님."

주변을 둘러본 남 의원이 거리를 가로질러서 뛰어갔다. 민석이는 어둠 속을 뚫어지게 살펴보면서 제발 어머니를 고칠 수 있는 약을 남의원이 가지고 나오기를 고대했다. 하지만 남 의원은 좀처럼 모습을 드러내지 않았다.

"왜 이렇게 안 나오는 거야?"

초조해하던 민석이는 부스럭거리는 소리에 고개를 돌렸다. 파란색과 황토색 군복을 입은 왜군이 어둠 속에서 불쑥 유령처럼 나타난 것이다. 거리가 너무 가까웠던 탓에 앞장선 왜군과 눈이 마주쳤다. 놀란 민석이는 바닥의 돌을 집어서 힘껏 던진 다음에 소리쳤다.

"이쪽이다! 왜놈들아!"

어머니의 약을 가지러 들어간 남 의원을 지켜야만 한다는 생각에 민석이는 일부러 소리를 지른 다음에 도망치기 시작했다. 일본어로 외치는 소리가 들리고 곧장 총알이 날아왔다. 귓가를 스쳐 지나간 총알이 무너진 흙벽에 명중하면서 메마른 먼지가 피어났다. 허리를 숙인 채 정신없이 달아나던 민석이는 싸리담장을 뛰어넘다가 그만 발이 걸리고 말았다.

"으악!"

앞으로 꼬꾸라진 민석이는 얼굴부터 땅에 떨어지면서 큰 충격을 받았다. 아픔을 참고 일어난 민석이는 초가집의 모퉁이를 돌다가 다가오던 왜군과 딱 마주쳤다. 검정색 코트의 군복과 군모를 쓴 왜군은 총검이 꽂힌 총을 쭉 뻗었다. 하마터면 배에 찔릴 뻔했던 민석이는 아슬아슬하게 옆으로 몸을 피했다. 왜군은 소리를 지르면서 계속 총검으로 찔렀다. 이리저리 피하던 민석이는 결국 반쯤 무너진 벽에 막히고 말았다. 무기가 될 만한 걸 찾던 민석이는 바닥에 떨어진 나뭇가지를 집어들었다. 그걸 본 왜군이 누런 이빨을 드러내며 비웃었다. 잠시 후, 다른 왜군이 나타났다. 그들 중에는 경무청 순검 복장의 조선인도 있었다. 나뭇가지를 든 민석이를 본 조선인이 말했다.

"너, 여기서 뭐 하고 있었던 거야?"

"그냥 먹을 거 구하러 왔어요. 왜 갑자기 나타나서 총을 쏜 겁니까?"

민석이가 목소리를 높여서 소리치자 조선인 순검이 코웃음을 쳤다.

"여긴 폭도들의 기지라서 소탕된 곳이야. 이곳에 남아있는 자들은 폭도나 폭도와 한 패거리니까."

"어떻게 조선 사람이 의병을 보고 폭도라고 하는 겁니까?"

민석이는 아진이와 함께 나루터에서 배를 타고 가다가 만난 일진회원이 떠올랐다. 하지만 조선인 순검은 비웃는 표정을 지었다.

"일본은 조선을 보호해 주고 있어. 그런데 아무것도 모르고 무식한 자들이 선동에 휩쓸려서 난동을 부리며 여러 사람들을 곤란하게 만들잖아. 그게 바로 폭도지."

"남의 나라를 쳐들어와서 사람들을 죽이고 땅을 빼앗으니까 당연히 저항하죠."

"그래서 이길 힘은 있고? 고작해야 화승총으로 일본군을 어떻게 이긴다고 해? 싸움이 벌어졌다하면 쥐새끼처럼 도망다니기 바쁜데 말이야."

의기양양하게 대답한 조선인 순검이 왜군에게 일본어로 얘기했다. 아마 방금 민석이에게 한 얘기 같았는데 그걸 들은 왜군들이 제각각 웃었다. 웃음소리가 그치자 조선인 순검이 한발 앞으로 나왔다.

"너, 폭도들이랑 한 패거리지. 지금 그놈들 어디 있어?"

"난 그냥 피난민이에요. 의병들은 못 봤어요."

조선인 순검은 민석이를 노려봤다.

"내 눈에는 거짓말 하는 게 다 보여. 제대로 대답하지 않으면 넌 여기서 살아남지 못해."

조선인 순검의 협박에 민석이는 순간 겁이 났다. 하지만 왜놈들과 싸우다가 전사한 아버지와 그런 아버지의 옆을 지키다 상처를 입은 어머니가 떠올랐다. 그리고 한성을 오가면서 본 피난민들을 떠올린 민석이는 아랫입술을 깨물었다.

"난 아무것도 몰라요."

민석이의 대답을 들은 조선인 순검은 혀를 찼다.

"왜 폭도랑 폭도 패거리들은 하나같이 고집이 센지 몰라."

조선인 순검이 다시 일본어로 얘기하자 아까 맨 처음 마주쳤던 검정색 코트를 입은 왜군이 소리를 치면서 한발 앞으로 다가왔다. 번뜩이는 총검을 본 민석이는 나뭇가지를 꼭 움켜쥐었다. 다른 왜군과 조선인 순검이 민석이를 빙 둘러싼 상태라 도망칠 곳도 없었다. 그래도 남 의원이 어머니를 치료할 약을 가지고 무사히 돌아갈 수 있는 시간을 벌었다는 생각에 민석이는 마음이 홀가분해졌다. 나뭇가지를 꼭 움켜진 민석이가 다가오는 왜군을 노려봤다. 의기양양한 표정을 지은 왜군이 코앞까지 다가와서는 총검으로 민석이의 가슴을 겨냥했다. 마지막이라고 생각하는 순간, 화살처럼 총성이 날아들었다. 놀란 민석이가 눈을 부릅뜨자 다가오던 왜군이 천천히 무릎을 꿇는 게 보였다. 왜군이 입은 검정색 코트의 단추 하나가 떨어져 나갔다.

"뭐, 뭐야?"

놀란 조선인 순검이 괴성을 지르며 주변을 돌아봤다. 당황하는 건 왜군 역시 마찬가지였다. 뒤이어 총성이 들리면서 사방에서 함성이 들려왔다. 그러자 왜군 몇 명이 쓰러지거나 주저앉았다. 놀란 왜군은 사방에 마구잡이로 총을 쏘아대거나 숨을 곳을 찾아서 엉금엉금 기어갔다. 민석이 역시 놀라서 어쩔 줄 몰라 하는데 낯익은 목소리가 들렸다.

"야! 위험하니까 엎드려!"

남 의원의 목소리였다. 민석이는 바닥에 엎드려서 주변을 살펴봤다. 방금 전까지 민석이를 협박하고 큰소리를 치던 조선인 순검이 겁에 실린 채 부서신 집의 대청 아래 숨어드는 게 보였다. 왜군은 사방에서 우박처럼 날아오는 총알 세례에 제대로 대응하지 못하다가 하나둘씩 자취를 감췄다. 그걸 본 조선인 순검이 소리쳤다.

"야! 이 의리 없는 놈들아! 같이 도망쳐야지."

대청 아래에서 기어 나오려는 조선인 순검을 본 민석이는 옆에 있는 돌을 집어서 던졌다. 돌이 옆에 떨어지자 놀란 조선인 순검이 다시 대청 아래로 기어들어 갔다. 잠시 후, 민석이가 있는 집 마당으로 사람들의 그림자가 하나둘씩 보였다. 해가 어느 정도 떠서 누군지 알아볼 수 있을 정도였는데 다들 낯선 얼굴들이었다. 그들 사이에 남 의원이 있는 걸 본 민석이가 반색했다.

"남 의원님!"

한걸음에 다가온 남 의원이 민석이를 끌어안았다.

"살아있었구나. 정말 다행이다."

"어떻게 된 거예요?"

"총소리가 들리고 네가 도망치는 걸 보고 일단 반대편으로 움직였지. 그러다가 이 사람들을 만났어. 의병들 말이야. 네 얘기를 하니까 바로 달려와줬다."

"의, 의병들이요?"

민석이는 감격스러운 눈으로 자신을 구해준 의병들을 바라봤다. 생김새나 옷차림은 물론 들고 있는 무기들도 제각각이었지만 하나같이 든든해 보였다. 그때, 대청 아래 숨어 있던 조선인 순검이 몰

래 도망치려고 했다. 하지만 부스럭거리는 소리를 내는 바람에 의
병들에게 붙잡혔다. 의병들이 총과 칼을 들이대고 조선인 순검을
질질 끌고 나왔다. 의병들이 있는 곳으로 끌려온 조선인 순검은 방
금 전 민석이에게 했던 말과 전혀 다른 얘기를 했다.

"사, 살려 주세요. 그냥 왜놈들이 협박해서 어쩔 수 없이 끌려왔
습니다. 저는 아무것도 몰라요."

거의 울 것 같은 조선인 순검의 모습을 본 민석이는 어처구니없
는 표정을 지었다.

"방금 전까지는 기세등등하더니."

민석이의 얘기를 들은 남 의원이 씩 웃었다.

"세상일이라는 게 언제 어떻게 될지 아무도 모르거든."

둘이 웃는 사이 의병들이 갑자기 누군가 들어서는 싸리대문 쪽을
바라봤다. 무심코 그쪽을 바라본 민석이의 눈이 커졌다.

"특무정교님?"

아버지와 함께 원주 진위대의 봉기를 지휘한 특무정교 민긍호였
다. 다소 수척해지긴 했지만 눈빛은 여전히 날카로웠다. 견장과 계
급장을 뗀 군복 차림에 허리에 칼을 찬 민긍호 역시 민석이를 알아
봤다.

"윤천만 정교의 아들 민석이 맞지?"

"네, 맞습니다. 민석이에요."

"어린아이가 왜놈들에게 쫓기고 있다고 해서 급히 왔는데 그게

바로 너였구나. 어디 다친 곳은 없느냐?"

눈물이 그렁그렁해진 민석이는 고개를 끄덕거렸다.

"괜찮습니다. 멀쩡해요."

민석이의 상태를 확인한 민긍호는 붙잡힌 조선인 순검에게 다가갔다. 부들부들 떨던 조선인 순검이 무릎을 꿇었다.

"대장님. 살려 주십시오. 제가 늙은 어머니를 모시고 약값이나 벌려고 앞잡이 노릇을 했습니다. 집에서 어머니가 저를 기다리고 있습니다."

"붙잡힌 밀정이나 순검들은 하나같이 그런 얘기를 하더구나. 그런데 집에 아픈 사람이 있는데 왜놈들을 따라다니면서 몇 날 며칠씩 집을 비울 수 있겠느냐?"

민긍호의 날카로운 추궁에 조선인 순검은 아무 변명도 하지 못했다. 칼을 뽑은 민긍호가 이어서 호통을 쳤다.

"일진회원과 조선인 순검들이 왜놈들의 앞잡이가 되어서 의병들을 탄압하고 주민들을 핍박해서 그 원한이 하늘에 닿은 지 오래다. 그뿐이더냐? 왜놈들의 위세를 등에 업고 죄 없는 백성들을 의병으로 몰아서 재산을 갈취하고 사리사욕을 채웠다. 사람의 얼굴을 하고 어찌 그런 짓을 저지르고 그 입으로 어미 핑계를 대고 살려 달라고 하느냐! 너를 의병의 이름으로 처단해서 원한을 씻을 것이다."

엄하게 얘기한 민긍호가 눈짓을 했다. 그러자 의병들이 나란히 서서 일제히 총을 겨눴다. 당황한 조선인 순검이 손사래를 쳤다.

"저는 조선 사람입니다. 대장님. 살려 주십시오."

"왜놈의 앞잡이가 된 자를 어찌 조선 사람이라 할 수 있겠느냐? 죽음으로 죄를 씻어라. 쏴라!"

민긍호의 명령이 떨어지자 의병들이 일제히 총을 쐈다. 어마어마한 총성과 함께 매캐한 화약 연기가 풍겨 왔다. 총에 맞은 조선인 순검은 끈 떨어진 연처럼 푹 꼬꾸라졌다. 쓰러진 조선인 순검에게 다가간 의병이 허리를 굽혀서 살펴보고는 민긍호에게 보고했다.

"죽었습니다. 대장님."

"왜놈들이 또 몰려올지도 모르니 서둘러 철수한다. 죽은 왜놈들의 무기와 탄약을 챙겨라."

민긍호가 명령을 내리기 이전에 남 의원이 먼저 아까 민석이에게 총검을 겨누던 왜군의 검정색 코트를 벗기는 중이었다. 그걸 본 민긍호가 너털웃음을 지으며 가지고 있던 칼을 건넸다.

"네 덕분에 윤정교 아들의 목숨을 구한 공을 세웠구나. 상으로 칼을 주마."

"고맙습니다. 대장님. 혹시 저를 기억하십니까?"

"안 그래도 안면이 있다 싶었는데."

"삼 년 전까지 고성 분견대 소속이었습니다. 그때 훈련하러 나갔다가 먼 발치에서 뵌 적이 있지요."

"그렇구나. 참으로 장한 일을 하였다."

남 의원과 얘기를 마친 민긍호가 민석이를 바라봤다.

"네 아버지의 일은 참으로 마음이 아프다. 철수하는 의병을 엄호하기 위해 끝까지 싸웠다고 하더구나. 왜놈들이 지평의 의병 본진을 공격한다는 소식을 듣고 급히 달려왔지만 한발 늦었구나."

"늦게라도 와 주셔서 고맙습니다. 어머니가 심하게 다치셔서 급히 가 봐야 합니다."

민석이의 얘기를 들은 민긍호가 안쓰러운 표정을 지었다.

"어디 계시느냐?"

"산재골에 계십니다. 어머니의 치료에 쓰일 약을 찾으러 왔었습니다."

민긍호가 민석이의 머리를 쓰다듬으면서 말했다.

"우리랑 같이 산재골로 가자꾸나. 앞장서다오."

"네."

민긍호에게 꾸벅 인사를 한 민석이는 앞장서서 걸었다. 죽은 일본군의 군모에서 노란색 띠를 벗겨낸 남 의원이 머리에 모자를 썼다. 그러고는 칼을 옆구리에 끼고 민석이와 나란히 걸었다.

의병의 길을 걷다

민석이와 의병들이 함께 산재골에 도착하자 피난민들은 너 나 할 거 없이 기뻐했다. 의병들이 떠들썩한 환영을 받는 가운데 민석이는 어머니가 누워 있는 움막으로 향했다. 거적을 들추고 안으로 들어가자 구석에 누워 있는 어머니가 보였다.

"어머니! 약을 가져왔어요!"

민석이는 한걸음에 달려갔지만 어머니는 미동도 하지 않았다. 놀란 민석이가 머리맡에 엎드렸다.

"어머니! 어머니!"

얼른 손을 잡아봤지만 어머니의 손은 싸늘했다. 약을 가지고 뒤따라 들어온 남 의원이 서둘러 손목의 맥을 짚었다. 그리고 안타까운 표정을 지었다.

"얼마 전에 돌아가신 모양이다."

"아! 약을 가져왔는데, 약을 가져왔는데 쓰지도 못하고."

민석이는 옆으로 쓰러진 채 통곡을 했다. 아버지가 세상을 떠나고 얼마 되지도 않았는데 어머니와도 영영 이별을 하게 된 것이었다. 엎드려 우는 민석이의 울음소리에 민긍호가 들어왔다. 한쪽 무릎을 꿇은 민긍호가 민석이의 어깨에 손을 올렸다. 민석이는 더 서럽게 울었다.

민석이 어머니의 시신은 아버지 옆에 함께 묻혔다. 의병들이 돌아가면서 땅을 파서 묻은 다음에 평평하게 다졌다. 멍한 눈으로 바라보던 민석이에게 민긍호가 다가왔다.

"나중에 왜놈들이 물러나면 나와 함께 부모님의 시신을 양지바른 곳에 옮겨서 묻자."

"알겠습니다."

민석이의 대답이 때마침 부는 바람에 실려갔다. 잠시 지켜보던 민긍호가 조심스럽게 물었다.

"이제 어디로 갈 것이냐? 내가 부하들과 함께 안전하게 데려다주마."

민긍호의 물음에 민석이는 한성에 남은 아진이와 영월로 떠난 외삼촌과 외숙모를 떠올렸다. 하지만 마음 속에는 불꽃이 일렁거렸다. 민석이는 씩씩하게 대답했다.

"저도 의병이 되겠습니다."

"의병? 올해 열세 살이지 않니? 너무 어려서 안 된다."

"부모님이 모두 왜놈들 손에 돌아가셨습니다. 기필코 복수를 하고 말 것입니다."

민석이의 눈을 바라본 민긍호가 한숨을 쉬었다.

"너의 눈에 오직 복수심밖에 보이지 않는구나."

"왜놈들을 모두 때려죽여서 부모님의 원수를 갚을 겁니다. 부디 허락해 주십시오. 대장님."

민석이의 간곡한 말에 민긍호가 어찌할 줄 몰라 하는데 남 의원이 다가왔다.

"제가 데리고 있겠습니다."

"자네가?"

"사람을 살리는 게 좋아서 의원이 되었는데 왜놈들 손에 죽는 사람들밖에 보이지 않더군요. 차라리 총을 들고 사람들을 지키고 싶습니다. 부디 부하로 받아 주십시오."

남 의원의 얘기를 들은 민긍호가 가만히 고개를 끄덕거렸다.

"자네 뜻이 그러하다면 내 부하가 되는 것을 허락하네. 고성이 고향인가?"

"아뇨. 양근에서 태어나고 자랐습니다. 왜놈들이 몇 달 전에 집을 태울 때까지 거기서 살았습니다."

"그럼 양근 출신의 내 부하 몇 명을 데리고 그곳으로 가서 의병들을 규합하게. 대신 아무리 많아도 삼십 명을 넘기지 말고, 우리 부대와 항상 연락할 수 있도록 하게."

"그리하겠습니다. 민석이도 제가 데리고 가지요."

"그리하게."

얘기를 마친 남 의원이 민긍호를 향해 정중하게 경례를 했다. 민긍호 역시 정식으로 경례를 받았다. 손을 내린 남 의원이 민석이를 바라봤다.

"나랑 같이 왜놈들이랑 싸우러 가자."

"알겠습니다."

"바로 출발해야 하니 부모님께 작별 인사를 하거라."

남 의원의 얘기에 민석이는 아버지와 어머니가 묻힌 곳에 엎드렸다. 그리고 땅속을 향해 속삭였다.

"어머니, 아버지. 안녕히 계세요. 두 분의 원수를 갚고 돌아와서 다시 인사드릴게요. 안녕히 계세요."

몸을 일으킨 민석이는 부모님의 무덤을 향해 두 번 절을 했다. 그리고 잠깐 부모님의 무덤을 바라보며 마음의 인사를 하고 나서 남 의원에게 돌아갔다. 민석이를 본 남 의원이 말했다.

"양근에 가 본 적 있니?"

"아뇨."

"살기 좋은 곳이다. 왜놈들이 물러나면 다시 집을 짓고 거기서 살 거야. 너는 옆집에 살아라."

"진짜요?"

"물론이지. 왜놈들을 쫓아내고 말이다. 참, 내 이름은 남상학이 야."

"저는 윤민석입니다."

둘이 얘기를 주고 받는 사이, 양근이 고향이라는 몇 명의 의병들이 추려지고 총과 탄약을 받았다. 민석이는 민긍호에게 인사를 하고 그들과 함께 산을 내려갔다.

"대장! 강을 따라 누군가 오고 있습니다."

민석이가 씩씩한 목소리로 보고하자 총을 손질하던 남상학이 물었다. 산재골에서 양근으로 와서 소규모 의병을 이끌며 남상학이 장군이나 대장으로 불리면서 민석이도 자연스럽게 대장이라고 불렀다.

"몇 명?"

"조선인들이 몇 명 있고, 양복을 입은 자가 말을 타고 가는데 왜인인지 양인인지는 알 수 없습니다.”

“그래? 밀정일까? 요즘 그놈들 때문에 골치 아프잖아.”

“밀정이면 저렇게 눈에 띄게 나타나지는 않을 거 같은데요.”

민석이의 대답을 들은 남상학이 먼지투성이 낡은 군모를 썼다. 그리고 방금까지 손보던 소총을 어깨에 메었다.

“가자. 남산에서 매복해서 기다려 보자.”

남상학의 지시에 여기저기 흩어져 있던 의병들이 움직였다. 산재 골에서 양근이 고향인 의병들이 몇 명 합류했고, 이곳에서 활동하는 동안 가담한 주민과 포수들 덕분에 이제는 열세 명으로 늘어났다. 왜군의 공격을 피해 이동하기 쉽도록 적은 수를 유지했고, 농민이나 장사꾼으로 위장해서 왜군의 추격을 피하기도 했다. 민석은 남상학과 함께 일본이 세운 전신선을 끊어버리고, 일본과 조선인 순사들이 있는 주재소를 공격해서 불태웠다. 특히, 최근에 기승을 부리는 밀정들과 일진회원들을 잡아서 처형하기도 했다. 그때마다 왜군은 의병들을 도와주거나 머물렀던 마을들을 불태우고 주민들을 괴롭혔다. 주로 일진회원들로 구성된 밀정들이 의병으로 변장해서 염탐하기도 했다. 하지만 남상학은 군인 출신답게 훈련을 잘 시켰고, 위험을 미리 예측하고 벗어났다. 강이 내려다보이는 남산의 중턱에 도착한 남상학은 뒤따라온 부하들에게 매복할 위치를 정해 줬다. 그리고 꼼꼼하게 지시를 내렸다.

“내가 발포 명령을 내리면 양총을 가진 자가 먼저 쏘고, 그다음에 화승총을 가진 자가 쏜다. 내가 명령하기 선까지는 설대로 쏘면 안 된다."

지시를 받은 의병들이 알겠다고 대답한 가운데 민석이는 전사한 의병이 가지고 있던 화승총을 움켜쥐었다. 총신은 녹슬었고, 멜빵 끈 대신 무명으로 된 천을 묶어서 어깨에 멨다. 양총이라고 불리는 군인들이 쓰던 총에 비하면 성능이 형편없었지만 빈손보다는 낳았다. 강가 쪽을 노려보면서 남상학에게 말했다.

"혹시 변절한 군인들로 구성된 순사대 놈들 아닐까요? 민긍호 대장의 부대를 엄청 괴롭혔다고 하던데요."

민석이의 얘기를 들은 남상학이 이를 갈았다.

"박두영이라는 놈이 이끄는 순사대 말이지? 걸리기만 하면 내가 산채로 가죽을 뜯어버리고 말 거야."

남상학과 얘기를 주고받는 사이, 멀리 양복을 입고 말을 탄 사람이 보였다. 서양인들이 실크햇 모자를 쓰고 프록코트 차림에 장갑을 낀 손으로 말의 고삐를 쥐고 있었다. 앞뒤로는 바지 저고리 차림의 조선인들이 여러 명 보였다. 행렬을 본 남상학이 고개를 갸웃거렸다.

"도통 알 수가 없네. 장사꾼이라면 팔 물건을 잔뜩 짊어지고 왔을 텐데."

"그러게요."

"뒤에 따라붙은 놈들은?"

남상학의 물음에 민석이가 바로 대답했다.

"아까 봤을 때는 없었어요."

"그럼 척후도 아닌 거 같은데?"

남상학과 의병들이 지켜보는 가운데 행렬은 점점 가까이 다가왔다. 남상학이 양총을 겨누자 부하들도 일제히 총을 겨눴다. 민석이는 뚫어지게 행렬을 바라보다가 갑자기 소리쳤다.

"양인인 거 같아요."

"왜놈이 아니라?"

"한성에서 봤는데 양인들은 키가 큰 편이었어요. 말을 탄 사람이 덩치가 큰 걸 보니까 양인이 틀림없어요. 체구가 작은 왜놈일 리 없어요."

민석이의 얘기를 들은 남상학이 벌떡 일어나 손을 들면서 외쳤다.

"사격 중지! 쏘지 마라!"

남상학의 외침에 말을 탄 양인의 앞에 서서 걷던 조선인이 깜짝 놀랐다. 그리고 몸을 일으킨 남상학에게 소리쳤다.

"양인이요! 왜놈이 아니니 쏘지 마시오."

양인 앞쪽에 있던 조선인들이 소리를 지르자 말을 탄 양인이 재빨리 모자를 벗었다. 둥근 안경을 쓴 30대 후반의 양인이 굳은 표정으로 산에 있는 민석과 의병들을 바라봤다. 남상학이 주변을 살펴본 후 천천히 아래로 내려갔다. 민석이도 재빨리 따라서 강가로 향했다. 의병들이 다가오자 말에서 내린 양인이 입을 열고 뭐라고 말을 했다. 그러자 아까 소리를 쳤던 조선인이 말을 옮겼다.

"이 분은 영국의 데일리 메일 신문사의 프레더릭 아서 매켄지라는 기자 양반이외다. 의병들을 취재하기 위해 오셨소이다. 나는 이 사람 통역이고요."

"그 말이 사실이요?"

미심쩍어하는 남상학의 물음에 조선인 통역이 고개를 끄덕거렸다.

"이천부터 충주랑 제천, 원주까지 안 돌아본 곳이 없었다오. 그러다 원주에서 주민들이 양근 쪽으로 가면 의병들을 만날 수 있다고 해서 서둘러 길을 떠나서 어제 양근에 도착하였지요. 거기서 의병들을 만났습니다."

"양근에서 말이오?"

"그렇소이다. 밤중에 젊은 의병 몇 명이 찾아왔었소이다. 낡은 군복이랑 한복 차림의 의병들과 잠깐 얘기를 나누고 돌아갔지요. 기자 양반이 의병을 더 만나보고 싶다고 해서 날이 밝자마자 길을 나선 것이고 말이외다."

조선인 통역의 말에 남상학이 프레더릭 기자를 바라봤다.

"오면서 뭘 보았소?"

조선인 통역은 프레더릭 기자에게 질문을 했고 답변을 들은 다음에 말을 했다.

"참혹한 광경을 보았답니다. 이천과 제천에서 본 대부분의 민가들이 불에 타 버렸고, 집을 잃은 사람들이 거적으로 집을 대신할 거처를 만드는 걸 보았답니다. 그렇게 집을 잃은 사람들이 복수심에 의병에 가담하는 것도 보았다고 합니다."

"다른 양인들은 왜군을 따라다니던데 왜 저 양인은 당신들과 다니는 거요?"

"안 그래도 나도 궁금해서 물어봤다오. 일본군은 자신들에게 유리한 것들만 보여주기 때문에 싫다고 대답하였소이다."

조선인 통역의 얘기를 들은 남상학이 알겠다는 듯 고개를 끄덕거렸다. 조선인 통역을 통해 얘기를 들은 프레더릭 기자가 안경을 만지작거리며 얘기했다. 조선인 통역이 남상학에게 물었다.

"인터뷰를 하고 싶답니다."

"그게 뭐요?"

"그러니까 여러분에게 궁금한 게 있어서 질문을 할 거랍니다. 질문 내용들은 정리해서 신문에 실릴 것이고 말입니다. 그리고."

프레더릭 기자를 힐끔 본 조선인 통역이 덧붙였다.

"사진도 찍고 싶답니다."

조선인 통역을 통해 요청을 들은 남상학이 주저했다. 그걸 본 민석이가 말했다.

"하자고 하세요."

"그게 도움이 될까?"

"신문은 사람들이 널리 읽는 거잖아요. 거기다 외국인들이 읽는 신문일 것이니 우리가 왜 싸우는지 알릴 수 있는 좋은 기회예요."

민석이의 설득에 남상학이 잠시 생각하다가 조선인 통역에게 말했다.

"인터뷰라는 걸 하겠소."

"잘 생각하셨소이다."

활짝 웃는 조선인 통역의 얘기를 들은 프레더릭 기자가 말 안장에 묶어놓은 사진기와 삼각대를 꺼냈다. 그 사이, 조선인 통역은 뒤따르던 노새에 묶어놓은 돗자리를 꺼내서 평평한 곳에 펼쳤다. 그 위에 양반다리를 하고 앉은 프레더릭 기자가 남상학에게 오라는 손짓을 했다. 총을 부하에게 건넨 남상학이 칼을 챙겨서 마주 앉았다. 수첩을 펼친 기자가 첫 번째 질문을 했다.

"당신들은 어떤 조직을 가지고 있소?"

"우리는 아주 작은 조직으로 흩어져서 활동합니다. 왜군은 우리보다 좋은 무기를 가지고 있고, 전신을 이용해서 우리 위치를 아주 빨리 파악하고 전할 수 있기 때문이지요. 그래서 작은 규모로 흩어져서 지내다가 왜군을 기습합니다. 얼마 전에도 그런 방식으로 왜군을 공격해서 이겼지요."

조선인 통역을 통해 남상학의 얘기를 들은 기자가 수첩에 꼼꼼하게 옮겨 적은 후 다시 질문을 던졌다.

"일본인들은 의병들을 찾기 위해 사방을 수색하고 있어요. 일본군의 야간 공격이나 기습에 대한 대비는 어떻게 합니까? 보초를 세웁니까?"

질문을 받은 남상학이 어깨를 으쓱거렸다.

"우리는 보초가 필요 없습니다. 왜군이 나타나면 마을 사람들이 먼저 와서 알려 주죠."

몇 가지 질문을 더 한 프레더릭 기자가 다시 질문을 했다. 조선인 통역이 주저하다가 입을 열었다.

"당신들이 이길 수 있는지 묻습니다."

남상학은 잠깐 민석이를 바라봤다. 그리고 부하들을 한 명씩 바라봤다가 조선인 통역을 향해 말했다.

"나와 내 부하들은 목숨을 걸고 싸우고 있소이다. 하나같이 다들 용감하지만 안타깝게도 무기가 별로 없지요. 양총은 탄환이 다 떨어진지 오래고, 화승총 역시 낡고 고장이 잘 나서 발사가 안 될 때가 많아요. 반면, 왜군은 총과 기관포는 물론이고, 대포까지 가지고 있지요. 우리는 결국 이렇게 싸우다 죽을 거요. 하지만 나쁜 운명이라고 생각하지는 않소이다."

조선인 통역이 왜냐고 물었다. 남상학이 가볍게 웃으며 말했다.

"왜군의 노예가 되어서 사느니 자유민으로 싸우다가 죽는 게 훨씬 좋은 운명이라고 믿기 때문이오."

조선인 통역이 말을 옮기자 기자는 무겁게 고개를 끄덕거렸다. 그걸 본 남상학이 조선인 통역에게 물었다.

"기자 양반에게 부탁이 있소."

"말해 주시면 전해드리리다."

"양인은 왜놈들한테 들키지 않고 무기를 살 방도가 있지 않겠소? 우리에게 무기를 좀 사 달라고 부탁해 주시오. 물론 돈은 지불하겠다고 해 주시오."

조선인 통역이 손짓 발짓을 하며 설득했지만 프레더릭 아서 매켄지 기자는 고개를 저었다. 풀이 죽은 조선인 통역이 말했다.

"애석하지만 종군기자로서 중립을 지켜야 한답니다. 대신 오늘 나눈 내용들은 기사에 반드시 싣도록 하겠답니다. 그리고 사진도 찍어서 싣도록 하겠답니다."

조선인 통역의 얘기를 들은 남상학이 가슴을 펴며 말했다.

"우리는 서양인이 의병들을 보기 위해 머나먼 이곳까지 온 것을 기쁘게 생각합니다. 부디 당신이 본 것을 세계에 전하여 우리의 현실을 알려달라고 전해 주시오."

남상학의 말에 조선인 통역이 간절한 표정을 담아서 전달했다. 사진기의 삼각대를 펼친 프레더릭 기자가 고개를 끄덕거렸다.

"보고 들은 대로 전달하겠다고 하였습니다. 사진은 산을 배경으로 찍고 싶다고 합니다."

얘기를 들은 남상학이 의병들에게 말했다.

"사진을 찍어야 하니까 다들 나란히 서라. 어깨를 펴고 당당하게 우리가 끝까지 싸운다는 걸 전 세계에 알려야 한다."

의병들이 사진기 앞에 서는 걸 본 민석이에게 조선인 통역이 다가왔다.

"기자 양반이 잠깐 부르는구나."

"저를요?"

"그래, 잠깐만 따라오너라."

조선인 통역을 따라가자 사진기를 삼각대 위에 올린 프레더릭 기자가 질문을 했다.

"올해 몇 살이냐고 묻는구나."

조선인 통역의 물음에 민석이는 바로 대답했다.

"올해 열세 살입니다."

대답을 들은 기자의 질문이 이어졌다.

"어린나이에 왜 의병에 가담했는지 궁금해하는구나. 정말 위험한 일인데 말이야."

질문을 받은 민석이는 잠깐 어머니와 아버지를 떠올렸다. 그리고 왜군에 의해 괴롭힘을 당하고 재산을 잃은 사람들을 떠올렸다.

"부모님이 모두 왜놈들 손에 죽었습니다. 그래서 복수를 하기 위해 의병이 되었지요."

민석이의 대답을 들은 프레더릭 기자가 가슴에 손을 얹은 채 안타까운 표정을 지었다. 그리고 나서 뭔가 말을 했다. 조선인 통역이 줄지어 서서 사진을 찍을 준비를 하는 의병들을 가리키며 말했다.

"가운데 서 달라고 하는구나."

알겠다고 대답한 민석이는 기다리는 의병들 사이로 뛰어갔다. 그리고 총을 비스듬하게 치켜든 채 사진기를 바라봤다. 사진기 뒤에 선 프레더릭 기자가 손을 들었다. 조선인 통역이 사진기 옆에서 나무로 된 판자 같은 것을 세우더니 주머니를 열고 가루를 위에 뿌렸다. 그걸 본 남상학이 물었다.

"그건 뭐요? 통역관 양반."

"사진을 찍을 때 쓰는 반사판이라는 겁니다. 이게 펑 하고 터지면 사진이 잘 찍히지요."

가루를 뿌린 반사판을 든 조선인 통역이 산중턱에 나란히 선 의병들에게 말했다.

"셋을 세면 셔터를 누를 것이니 절대 눈을 감거나 움직이지 마시오. 하나! 둘! 셋!"

펑 하는 소리와 함께 민석이의 눈앞이 하얗게 변했다. 그 잠깐의 빛 사이에서 어머니와 아버지가 보이자 민석이는 행복하게 웃었다.

정미의병과 삼산리 전투

일제는 1905년 통감부를 설치하고 조선 병합을 서둘렀다. 그리고 1907년 6월 일어난 헤이그 특사 사건을 빌미로 고종을 폐위하고 아들 이척을 순종으로 즉위시켜 허수아비로 삼았다. 그 후 정미칠조약으로 통치권을 빼앗고, 대한제국 군대를 해산해 대한제국을 완벽히 손아귀에 넣었다. 1907년 8월 1일 군대 강제 해

민긍호 의병장(출처: 여흥민씨 입암공파 종중)

산 당일, 시위대 제1연대 제1대대장 박승환이 자결하자 해산 군인들이 서울, 원주, 강화 진위대 등에서 봉기해 각지의 의병부대에 합류했다.

정미의병의 본격적인 확산은 8월 2일, 민긍호가 주도한 원주진위대의 봉기로 시작됐다. 8월 2일 원주진위대 군인들이 무기고를 점령한 뒤 민

병과 합세해 원주시를 점령했다. 작품 내에서 민석이의 아버지가 여기에 가담했다.

의병이 맹활약하자 일제는 일본군을 동원해서 진압 및 초토화 작전을 펼치는 한편, 조정을 움직여서 의병을 회유하려고 시도했다. 강원도의 경우 관찰사 황철이 회유에 나섰지만 민긍호는 협상에 나서는 척하면서 결국 거절했다.

민석이의 아버지가 전사한 전투는 삼산리 전투다. 삼산리 전투는 1907년 11월 7일~8일 사이에 벌어졌다. 지평군 일대에 주둔 중인 의병을 공격하기 위해 일본군은 11월 6일, 원주 등지에서 출발해서 다음 날 공격했다. 삼산리는 의병의 본진이 있던 지역으로 일본군의 집중 공격을 받았다. 수적으로는 의병이 우세했지만 일본군의 신식 무장과 기병을 이기지 못하고 퇴각해 원주와 양주 일대에 재집결해서 서울진공작전을 준비했다.

일본군은 지평의병의 주력부대를 섬멸하는 데 실패하자 의병 활동을 방해하려고 보급기지 역할을 했던 용문사와 상원사를 불태우는 만행을 저질렀다. 아울러, 지평의 민가 200호, 양근 읍내의 민가 200호를 비롯해 사탄과 역곡, 옥천의 민가까지 불태웠다. 양근읍의 경우 관아를 제외한 민가가 모두 파괴되었다고 『대한매일신보』가 보도했다.

양근에서 한양까지

민석이와 아진이가 지평에서 한성으로 향한 길은 '관동대로' 혹은 '평해길'이라고 불리던 조선 시대 도로다. 한양 도성에서 망우리를 지나 지금의 양평인 양근과 지평을 거쳐, 원주와 평창의 안흥과 방림, 진부와 횡계를 따라 대관령을 넘어서 강릉과 삼척, 울진과 평해로 이어진다. 총 길이는 885리(약 347킬로미터)라고 관련 서적에 기록되어 있다. 민석이는 양근에서 출발했으니 약 50킬로미터 정도를 간 셈이다.

조선 시대에는 북한강과 남한강이 만나는 두물머리를 배로 건너야만 했는데 고랭이 나루와 용진 나루가 있다고 전해진다. 고랭이 나루는 현재 경강로가 지나가는 신양수대교가 있는 곳이고, 용진 나루는 현재 양수로를 지나가는 양수대교가 있는 곳으로 알려져 있다. 현지 주민들은 거리가 좀 멀지만 한 번에 넘어갈 수 있는 고랭이 나루를 자주 이용했고, 용진 나루는 관원들의 행차나 대규모 인원이 넘어갈 때 이용했다고 한다. 민석이와 아진이 역시 고랭이 나루를 이용했다. 관동대로에는 이곳 외에도 여러 곳의 나루터가 있지만 이야기의 진행을 위해 생략했다.

민석이가 동대문에 들어설 때 보고 놀란 발전소는 1898년 1월 26일 고종 황제의 칙허를 받아 한국 최초로 전기 사업을 시작한 한성전기회사에서 만든 것이다. 미국인 콜브란(J.R.Morse)이 외국 투자자를 모아 전기 기술을 도입하는 데 큰 역할을 했으며 최초의 발전소는 서대문에 세웠다. 그 후 한성(서울)지역에 전기를 원활히 공급하기 위해 동대문 발전소를 지었다. 한성전기회사의 사옥은 지붕에 시계가 있어서 시계집이라는 별명으로 불렸다. 훗날 종로경찰서로 사용되었으며 1923년 김상옥 의사가 던진 폭탄에 의해 파괴되기도 했다.

민석이와 아진이가 양기탁과 함께 찾아간 배설(어니스트 베델)의 집은 현재 송월1길에 있는 새문안 빌라와 광화문 스튜디오 아파트 자리에

한성 전기회사 사옥 전경(출처: 한국전력 전기박물관)

있었다. 프레더릭 아서 매켄지 기자가 찍은 사진과 훗날의 신문 기사에 의하면 붉은 벽돌로 벽을 쌓고 기와지붕을 올린 형태라고 한다. 1975년 까지는 그대로 존재했지만 현재는 빌라와 아파트들이 지어지면서 흔적 도 없이 사라졌다.

푸른 눈의 목격자, 프레더릭 아서 매켄지

프레더릭 아서 매켄지는 캐나다 퀘벡 출신의 기자로 러일전쟁을 취재 했다. 당시에는 일본군을 높이 평가하는 기사를 썼지만 1906년 조선에 와서 의병 항쟁을 취재하면서 일본군의 학살과 만행을 폭로했다. 이 시 기 『대한매일신보』의 사장인 어니스트 베델을 만났으며, 1907년 가을에 는 지금의 양평인 양근 지역에서 의병들을 만나서 취재를 하고 사진을 찍었다. 그리고 이렇게 모은 자료로 1908년, 『조선의 비극(Tragedy Of Korea)』이라는 책을 출간했다. 대한민국 정부는 이런 공로를 인정해서 2014년 건국훈장 독립장을 추서했다.

아래 사진은 매켄지의 사진 중 가장 유명한데 강가를 걷다가 우연히 만난 의병들을 찍은 것이다. 오른쪽에서 네 번째, 검정색 코트와 군모 차림에 칼을 옆구리에 낀 인물은 대한제국군 출신의 의병으로 추정된다. 해당 코트는 대한제국군 군복이 아니라 일본군의 것을 노획했다는 주장도 존재한다. 왼쪽에서 세 번째의 체구가 작은 인물은 아마도 매켄지 기자가 본 "의병 중에는 어린아이도 있었다."라고 언급한 소년으로 추정된다. 이 소년이 민석이의 모티브가 됐다.

프레더릭 기자가 양근에서 의병들을 촬영한 것은 1907년 가을이고, 지평에서 삼산리 전투가 벌어진 것은 겨울이다. 하지만 이야기의 극적인 전개를 위해 순서를 바꾸었다.

『조선의 비극(원제: Tragedy Of Korea)』, 1907, 프레더릭 아서 매켄지 촬영

학창시절 교과서에서 정미 의병의 모습을 담은 사진 한 장을 본 적이 있습니다. 프레더릭 아서 매켄지라는 외국인 기자가 찍은 사진이었는데 사진 속 인물 중 체구가 작은 소년이 저의 눈길을 끌었습니다. 많아 봤자 10대 초반으로 보였는데 매켄지 기자 역시 그 소년의 사연이 궁금했는지 짧게 인터뷰를 했던 모양입니다. 왜 위험한 의병에 가담했느냐는 물음에 소년의 대답은 다음과 같았습니다.

"어머니와 아버지가 모두 왜놈들 손에 돌아가셨습니다. 부모님의 복수를 하기 위해서 의병에 합류해서 총을 잡았습니다."

죽는 것은 두렵지 않다는 의병들의 외침에 깊은 인상을 받았는지 프레더릭 매켄지 기자는 자신의 저서 『조선의 비극』에 해당 사진과 함께 취재기를 상세하게 남겼습니다. 그리고 저는 그 사진을 보고는 많은 생각을 하게 되었죠.

사람의 목숨은 하나밖에 없고, 그 무엇보다 소중합니다. 그래서 지금은 살인은 큰 범죄이고, 엄벌에 처합니다. 사고가 나면 사람을 살리기 위해서 최선을 다하고, 그것이 당연하다고 생각합니다. 하지만 백여 년 전, 이 땅을 지키기 위해 적지 않은 사람들이 하나밖에 없는 목숨을 걸어야만 했습니다. 안타깝지만 부모님의 원수를 갚기 위해 총을 들고 의병에 합류했던 소년의 운명 역시 비슷했을 겁니다. 1909년 9월부터 10월까지 진행된 일본군의 남한 대토벌 작전으로 인해 17,000명 이상의 의병들이 전사합니다. 그중에서는 아마 프레더릭 아서 매켄지 기자가 찍은 사진 속의 의병들도 상당수 포함되었을 겁니다. 어쩌면 사진 속의 소년 역시 같은 운명을 걸었을지 모릅니다. 하지만 의병이 된 소년은 마지막 순간까지 저항을 포기하지 않았을 겁니다. 저항을 포기하기에는 너무나 큰 상처와 분노를 입었으니까요.

오래전에 독립기념관 심철기 연구원, 그리고 동북아 역사재단 신효승 연구위원과 함께 사진 속 현장인 양평을 방문한 적이 있었습니다. 그때, 사진 속 장소로 추정되는 곳을 돌아보면서 치열했던 의병들의 항쟁을 살펴봤습니다. 서울진공작전을 위해 13도 창의군이 집결한 양주도 돌아볼 기회가 있었습니다. 길가의 비석과 작은 안내판만이 그날의 기억을 되새겨주고 있습니다만 저에게는 잊을 수 없는 기억으로 남았습니다. 그 이후, 오랫동안 자료를 모으고 기록을 찾았습니다. 매켄지 기자의 사진 속 소년에 대해서 상상해봤고, 어떤 삶을 살아갔을지 고민해봤습니다. 그 결과물이 이 책에 온전히 담겼는지는 잘 모르겠습니다. 글은 쓰면 쓸수록 어렵고, 담아내려고 할수록 흘러내리는 법이니까요.

자신 있게 얘기할 수 있는 건, 우리는 그 시절을 기억해야 한다는 점입니다. 그 때, 조선 사람으로 태어났다는 점 때문에 부당하게 핍박 받고 억울하게 목숨을 잃어야만 했던 사람들, 외적의 침략에 분개해서 총을 들고 나섰던 사람들, 그리고 패배했지만 패배하지 않았던 사람들을 기억해야 오늘날 우리가 핍박받지 않고 억울하게 죽지 않고 외적의 침략을 받지 않을 수 있으니까 말이죠. 『열세 살의 민병 민석』은 120여 년 전 이 땅에서 펼쳐진 비극을 이야기합니다. 역사는 돌고 도는 법이고, 기억하지 않으면 잘못은 반복되곤 합니다. 그리고 그들을 기억해주었으면 하는 작은 소망이 있습니다. 우리가 그들을 잊는 순간, 어쩌면 우리는 또 다른 그들이 되어서 총을 들고 저항에 나서야 할지 모르니까요. 저의 이 심정을 독자 여러분과 함께 나누고 싶습니다. 부디 기억해주시기를 바랍니다.

정명섭

열세 살의 의병 민석

1판 1쇄 인쇄 2024년 12월 10일
1판 1쇄 발행 2024년 12월 18일

지은이 정명섭
그린이 이로우
펴낸이 김영곤
펴낸곳 ㈜북이십일 아울북

편집팀 정지은 박지석 김지혜 이영애 김경애 양수안
출판마케팅팀 한충희 남정한 나은경 최명열 한경화
영업팀 변유경 김영남 강경남 최유성 전연우 황성진 권채영 김도연
디자인 조기연

출판등록 2000년 5월 6일 제406-2003-061호
주소 (우10881) 경기도 파주시 회동길 201(문발동)
대표전화 031)955-2100(대표) 955-2403(내용문의) 955-2177(팩스)
이메일 book21@book21.co.kr
ISBN 979-11-7117-934-3(73810)

KC	・제조자명: ㈜북이십일	・제조연월: 2024년 12월 10일
	・주소 및 전화번호: 경기도 파주시 회동길 201(문발동)	・제조국명: 대한민국
	031-955-2100	・사용연령: 3세 이상 어린이 제품